Emily Rodda

# Das goldene Armband

# Elfenzauber

**Band 1**

Emily Rodda

# Das goldene Armband

Mit Illustrationen von Marion Durczok

Aus dem australischen Englisch
von Michael Stehle

Urachhaus

Die australische Originalausgabe erschien 2000 unter dem Titel
*The Fairy Realm. Volume 1: The Charm Bracelet*
bei der Australian Broadcasting Corporation, New South Wales, Australien.

ISBN-10: 3-8251-7548-0
ISBN-13: 978-3-8251-7548-1

Erschienen 2006 im Verlag Urachhaus
www.urachhaus.com


Umschlagbild und Innenillustrationen: Marion Durczok
Gesamtherstellung: Clausen & Bosse, Leck

# Inhalt

# Der geheime Garten

Als Lena den geheimen Garten erreichte, ging es ihr besser. Genau in der Mitte der kleinen weichen Rasenfläche setzte sie sich auf den Boden und schaute sich um.
Zumindest hier war alles wie früher, hier fühlte sie sich ruhig und geborgen. Die Rosmarinbüsche am Rand des Rasens verströmten wie immer ihren süßlichen und schweren Duft. Hinter ihnen reckte sich ringsherum eine Hecke in die Höhe. Als Lena noch klein war, dachte sie, dass gerade diese Hecke dem Garten seinen besonderen Reiz gab: Wie eine Mauer aus Blättern schützte sie den geheimen Garten vor dem Rest der Welt.

Aber jetzt saß sie dort, die Arme um die Knie geschlungen, und fand, dass auch die Hecke keinen Schutz vor der Welt bot.

Der geheime Garten ist der Ort auf Großmutters Grundstück, an dem ich für eine Weile allein sein kann, dachte sie.

Hier fühlt sich alles so an wie früher, als Großmutter noch gesund war. Warum meint Mama plötzlich, Großmutter müsse aus dem Vollmondhaus ausziehen und bei uns in der Stadt leben?

Sie erinnerte sich an ihren letzten Besuch. Es war im Winter, vor fast drei Monaten. Damals war von einem Umzug noch nicht die Rede gewesen, alles war so, wie sie es kannte.

Im Winter fand Lena es im Vollmondhaus immer besonders schön. Wenn es dunkel wurde, zündeten sie das Kaminfeuer im Wohnzimmer an, und während Großmutter das Abendessen zubereitete, saßen Lena und Mama in den großen, weichen Sesseln und schauten den Flammen zu.

»Ich mache das schon. Ruh dich lieber aus, Rosemarie«, sagte Großmutter zu Mama. »Du arbeitest zu Hause schon so viel. Lass mich dich wenigstens verwöhnen, wenn du hier bist.« Und nach kurzem Protest setzte sich Mama dann wieder in den Sessel und machte es sich gemütlich. Für eine Weile hörten sie dem Knacken der Holzscheite im Kamin und dem Schnurren von Großmutters großem, rötlichem Kater Flinn zu. Und Großmutter sang in der Küche ihre Lieder, die Lena kannte, seit sie ganz klein war. Eines davon mochte sie besonders:

*Der Vollmond scheint,*
*die Meerjungfrauen singen,*
*und alle Elfen und Feen und Zwerge …*

Lena war sicher, dass Großmutter sich dieses Lied selbst ausgedacht hatte, weil es sich nicht immer reimte und etwas holprig klang.

Im Vollmondhaus war es warm und gemütlich, während draußen die großen, alten Bäume ihre kahlen Äste dem schwarzen Himmel entgegenreckten. Wenn man morgens über den Rasen ging, hörte man die Eiskristalle unter den Füßen krachen. All das verzauberte Lena. Bei ihr zu Hause gab es keine großen Bäume und keine Eiskristalle. Und die Lichter der Stadt waren so hell, dass man am Himmel kaum einen Stern sehen konnte.

Der Winter hier in den Bergen hatte etwas Magisches, aber der Frühling war noch schöner. Im Frühling leuchtete alles. Nach und nach begannen die kahlen Bäume, sich in ein zartes Grün zu kleiden, und in ihren Schatten blühten die Krokusse und Schneeglöckchen. Bienen summten von Blüte zu Blüte, und Schmetterlinge in allen Farben und Größen tanzten um die Apfelbäume.

Im Frühjahr schien es immer, als erwache das Vollmondhaus aus dem Winterschlaf, alles war wie neugeboren.

Aber in diesem Frühling ist alles anders, dachte Lena betrübt. Dieser Frühling fühlte sich eher wie ein Ende als wie ein Wiedererwachen an. Seit ihre Mutter von ihrem Plan erzählt hatte, Großmutter solle zu ihnen ziehen, war sie traurig.

»Möchtest du denn nicht, dass Großmutter bei uns wohnt?«, fragte Mama sie auf der Fahrt zum Vollmondhaus. »Ihr habt euch doch immer so gut verstanden, besonders seit

Großvater gestorben ist. Ich dachte, du würdest dich über die Idee freuen.«

Lena versuchte, es ihr zu erklären. »Natürlich, aber ... ich kann mir Großmutter einfach nirgendwo anders als im Vollmondhaus vorstellen«, sagte sie und schaute aus dem Fenster, denn sie wollte nicht, dass Mama sah, wie ihr bei diesem Gedanken die Tränen kamen. »Und dann ... können wir ... ja auch gar nicht mehr hierher fahren«, flüsterte sie. »Ich würde das Haus und die Bäume und den geheimen Garten so vermissen.«

»Natürlich«, sagte Mama und streichelte Lenas langes rotes Haar, »das werde ich auch. Immerhin bin ich im Vollmondhaus aufgewachsen, und es liegt mir genauso am Herzen wie dir. Aber Großvater ist nun schon seit fünf Jahren tot, und du weißt, wie sehr ich mir Sorgen mache, weil Großmutter so ganz allein hier in den Bergen lebt. Großvater hat zwar immer viel Zeit mit seinen Bildern verbracht, aber er hat auch sehr viel im Haus und im Garten getan. Vielleicht erinnerst du dich nicht, aber er hat sich um alles gekümmert. Man konnte sich stets auf ihn verlassen – und du weißt, dass Großmutter manchmal sehr in ihrer eigenen Welt lebt.«

Lena konnte sich noch gut an Großvater erinnern, obwohl sie noch sehr klein war, als er starb. Er hieß Robert Belairs, und seine Bilder waren in die ganze Welt verkauft worden. Aber für sie blieb er immer ihr Großvater, ein großer, freundlicher Mann mit blaugrauen Augen, einem kurzen weißen Bart und einem wunderbaren Lächeln. Sie erinnerte sich daran, wie sie immer zusehen durfte, wenn er in seinem Atelier im Vollmondhaus malte. Und sie dachte oft an seine Bilder: an die mit warmen Farben gemalten Berglandschaften und an die Feenbilder, die ihn so berühmt gemacht hatten.

Diese Feen- und Elfenbilder fand Lena besonders toll. Oft hatte sie mucksmäuschenstill auf einem Stuhl neben Großvater gesessen und begeistert und staunend zugesehen, wie unter seinem Pinsel Fantasiewelten entstanden, geheimnisvoll und von goldenem Licht erfüllt. Viele dieser Bilder schmückten die Wände des Vollmondhauses, denn Großvater hatte jedes Jahr für Großmutter zum Geburtstag ein neues gemalt – nur für sie. Das letzte war kurz vor seinem Tod fertig geworden.

Robert Belairs' Elfenland war eine Welt voller schöner Häuschen, Baumhütten und strahlender Schlösser, in denen Menschen mit elfenhaften Gesichtern und weiten, schimmernden Kleidern wohnten. Großvater nannte sie immer »das kleine Volk«. Die schönste der Frauen, die er gemalt hatte, war eine Königin mit langen rotgoldenen Haaren und mit Augen, die genauso grün waren wie Lenas. Über dieses Bild hatte sie sich am meisten gefreut, auch wenn sie wusste, dass Großvater nicht sie gemalt hatte. Irgendwie sahen sich seine Elfenfrauen immer ähnlich, und viele Leute schmunzelten darüber, da sie meinten, er würde beim Malen eben nur an Großmutter denken. Inzwischen war ihr Haar natürlich weiß, aber als sie damals ins Vollmondhaus gekommen war, um dort mit Großvater zu leben, war es genauso rot wie Lenas Haar gewesen.

Und dann gab es auf seinen Bildern zahllose stets beschäftigte Zwerge, Gnome und Kobolde, schmächtige Wichtel, Blumen- und Regenbogen-Elfen mit schimmernden, fast durchsichtigen Flügeln. Manchmal kamen auch ganz kleine Pferde vor, deren Mähnen mit bunten Flechtbändern und Glöckchen geschmückt waren. Lena war von ihnen wie verzaubert. Großvater musste schon ein ganz besonderer Mann gewesen sein, um sich in solch zauberhafte Welten versetzen zu können – vielleicht war er sogar selbst so etwas wie ein Zauberer …

Er hatte sich tatsächlich immer sehr liebevoll um Großmutter gekümmert. Wenn Lena und ihre Mutter damals zu Besuch ins Vollmondhaus kamen, lachte Großmutter und erzählte viele Geschichten, plante Ausflüge und schlug abenteuerliche Wanderungen vor – immer davon ausgehend, dass alles wie von selbst klappen würde. Aber Großvater war derjenige, der eine zweite Schachtel Streichhölzer für das Picknick einpackte … *man kann ja nie wissen* … Großvater war es, der einen Schirm mitnahm … *man weiß ja nie* … Und er war es auch, der die Ersatzschlüssel für alle Türen des Hauses machen ließ … *sicher ist sicher* …

Großmutter neckte ihn oft damit. »Mach dir doch nicht immer so viele Sorgen«, sagte sie häufig und streichelte seine Wange, wobei die kleinen Glücksbringer an ihrem Armband leise wie Glöckchen klingelten. Dann lächelte er und erwiderte: »Lieber einmal zu viel als einmal zu wenig nachdenken, meine Prinzessin.«

Lena verstand, warum Mama der Meinung war, ohne

Großvater wäre Großmutter zu sehr auf sich allein gestellt. Aber sie wusste auch, dass das nicht stimmte. Im Auto hatte sie das auch gesagt.

»Aber Mama, Großmutter ist einfach über das Kätzchen gestolpert, das ihr plötzlich vor die Füße gelaufen war. Das hat doch nichts damit zu tun, dass sie allein lebt. Das hätte jedem passieren können. Und außerdem hat sie sich nur das Handgelenk verstaucht.«

»Das stimmt, aber es hätte auch etwas Schlimmeres passieren können.« Mama seufzte. »Stell dir nur einmal vor, sie hätte sich das Bein gebrochen und nicht um Hilfe rufen können. Es wären vielleicht Tage vergangen, bis jemand vorbeigekommen wäre und es gemerkt hätte.« Ihre Hände umklammerten das Lenkrad bei diesem Gedanken etwas fester. »Du musst vernünftig sein – und Großmutter auch. Ihr solltet ausnahmsweise mal auf mich hören. Und vor allem müssen wir uns einig sein.«

Jetzt saß Lena in ihrem geheimen Garten und dachte, dass Mama Großvater sehr ähnlich war. Sie hatte dieselben blaugrauen Augen wie er und auch seine praktische Veranlagung. Ganz anders als Großmutter. Aber Lena war wie Großmutter, das wurde ihr immer klarer. Sie sahen sich sehr ähnlich. Allerdings war Lena jetzt schon genauso groß wie sie. Großmutters alter grauer Morgenmantel, den sie im Vollmondhaus immer trug, würde ihr schon bald nicht mehr passen.

Von Großmutter hatte sie auch die roten Haare, die grünen Augen und das spitze Kinn geerbt. Und sie war nach

Großmutter benannt worden. Aber wichtiger als der Name oder das Aussehen war, dass Großmutter und sie die Liebe zu Geschichten und Liedern teilten und beide vor Fantasie nur so sprühten.

Und da war noch etwas. Sie verstanden einander, ohne viele Worte zu machen. Die eine wusste immer, wie sich die andere gerade fühlte, und so war es schon immer gewesen. Seit Lena denken konnte.

War sie deshalb so besorgt und traurig gewesen, als sie gleich nach ihrer Ankunft im Vollmondhaus vor einer Stunde in Großmutters Zimmer gelaufen war und sie dort im Bett hatte liegen sehen? War sie deshalb schon bald aus dem Zimmer und in den geheimen Garten gegangen, weil sie es kaum ertragen konnte, Großmutter so zu sehen? War sie deshalb ...?

Lena saß völlig regungslos da. Und ganz plötzlich hatte sie das Gefühl, dass hier irgendetwas nicht in Ordnung war. Sie begann zu zittern, ihre Hände fuhren unruhig über das Gras und sie spürte es immer deutlicher: Großmutter war in Gefahr. In wirklicher Gefahr, die nichts mit einem verstauchten Handgelenk, Traurigkeit oder Einsamkeit zu tun hatte. Irgendetwas sehr Schlimmes ...

Mit einem Ruck sprang sie auf die Füße. Sie hatte keine Ahnung, woher diese Gedanken kamen, aber sie waren eben da, und sie wusste, dass sie berechtigt waren. Und dass sie etwas tun musste. Aber was?

So schnell sie konnte, rannte sie zum Haus zurück.

# Das verschwundene Armband

Vor Großmutters Schlafzimmertür zögerte Lena. Ihr Herz schlug wie wild. Sie versuchte sich zu beruhigen und ihre zerzausten Haare einigermaßen zu bändigen. Mama und Schwester Alice waren sicher noch bei Großmutter und würden sich Sorgen machen, wenn sie so aufgelöst hereingestürmt käme.

Sie spürte etwas Weiches an ihrem Knöchel, drehte sich erschrocken um und blickte in die ruhigen, goldfarbenen Augen von Großmutters Kater Flinn. Er hatte so still dort im Flur gesessen, dass sie ihn gar nicht bemerkt hatte.

»Hältst du hier Wache vor Großmutters Tür?«, fragte sie ihn. »Lässt Schwester Alice dich nicht zu ihr?« Er schaute sie unverwandt an. »Sie würde dich sicher hereinlassen, wenn du dich nicht immer mit dem grauen Kätzchen streiten würdest«, flüsterte sie und streichelte seinen Hals. »Das Kätzchen konnte nichts dafür, Flinn. Es war ein Unfall.«

Der Kater gab einen Laut von sich, der mehr ein Murren als ein Schnurren war.

»Mach dir keine Sorgen«, sagte sie sanft. »Großmutter wird es schon bald besser gehen. Mama wird Schwester Alice ablösen, sie ist ja auch Krankenschwester. Und heute Abend werde ich mit dir zu Großmutter gehen, dann muss das Kätzchen eben mal draußen bleiben. Es wird alles wieder gut werden.«

Doch als sie das Schlafzimmer betrat, war sie sich dessen gar nicht so sicher. Als sie vorhin angekommen waren, hatte Großmutter auf ihrem gemütlichen Stuhl beim Fenster gesessen. Jetzt lag sie im Bett und sah blass und müde aus. Mama saß neben ihr, die Hände auf der geblümten Bettwäsche, während Schwester Alice geschäftig eine Arznei abmaß. Das graue Kätzchen, Flinns Feind, saß schnurrend auf der Fensterbank.

Großmutters langer weißer Zopf lag auf dem Kopfkissen, und über der Brust sah man die dick verbundene Hand. Der Verband wirkte jetzt viel größer als vorhin, als sie ihn noch in einer Schlinge trug.

Müde lächelte sie Lena an.

»Wo bist du denn gewesen?«, fragte sie, und ihre Stimme war kraftlos und schien ihren Klang verloren zu haben.

»Ich war im geheimen Garten«, antwortete Lena und ging zu ihr ans Bett.

Großmutter lächelte wieder. »Der geheime Garten«, murmelte sie, »magst du ihn immer noch so sehr?«

»Vielleicht können wir morgen früh zusammen hingehen«, schlug Lena aufgeregt vor und nahm Großmutters Hand.

»Ich fürchte, dafür ist es noch zu früh«, meinte Schwester Alice und kam mit der Arznei herüber. »Aber Sie könnten sich ein wenig auf die Veranda setzen, wenn Sie mögen. Die frische Luft würde Ihnen gut tun.«

»Wir werden sehen«, sagte Großmutter sanft. »Ich fühle mich so … schwach.«

Lena war verzweifelt. Warum ging es Großmutter so schlecht? Sie sah, wie die Krankenschwester Mama anblickte und enttäuscht den Kopf schüttelte. Die gute Schwester Alice hatte alles getan, um es Großmutter so angenehm wie möglich zu machen, solange sie auf Lena und ihre Mutter warten musste. Sie hatte die Vorhänge weit aufgezogen und Blumen ins Zimmer gestellt. An der Wand gegenüber dem Bett hatte Großvaters letztes Gemälde gehangen, ein graues, geheimnisvolles Bild. Als Schwester Alice bemerkte, dass das Bild Großmutter traurig machte, hatte sie es durch eine freundlichere Berglandschaft ersetzt.

Aber nichts hatte geholfen. Still und teilnahmslos lag Großmutter in ihrem Bett oder setzte sich folgsam auf ihren Stuhl am Fenster.

Plötzlich fiel Lena etwas auf. Wie kam es, dass sie das nicht schon längst bemerkt hatte?

»Großmutter, wo ist denn dein Armband?«, fragte sie. Sie hatte sie noch nie ohne ihr Armband gesehen, an dem so viele kleine Glücksbringer hingen, dass sie bei jeder Bewegung leise klimperten.

Großmutter öffnete langsam die Augen. »Armband?«, murmelte sie. Sie schaute sich verwirrt um und erschrak so sehr, dass sie Lenas Hand nahm und ganz fest drückte.

»Es ist weg«, flüsterte sie. »Lena … es ist verschwunden. Sie müssen es mir abgenommen haben, als sie meine Hand verbunden haben.« Hastig versuchte sie, sich aufzurichten.

»Lena, du musst es für mich finden, unbedingt. Ich brauche es!«

»Aber, aber«, sagte Schwester Alice beruhigend und warf Lena einen missbilligenden Blick zu. »Wer wird sich denn so aufregen?« Sie drückte Großmutter sanft auf ihr Kissen zurück. »Wir haben doch schon darüber gesprochen, meine Liebe. Es muss ja irgendwo sein. Wahrscheinlich liegt es in irgendeiner Schublade, das ist alles.«

»Aber ich brauche es!«, protestierte Großmutter mit zitternder Stimme.

»Du musst dich jetzt darauf konzentrieren, gesund zu werden, Mama«, sagte Rosemarie. »Wir kümmern uns später um das Armband.«

»Aber die Zeit läuft mir davon … bald ist doch mein siebzigster Geburtstag!«, rief Großmutter. Dann wurde sie wieder ruhig und schaute sich erstaunt um. »Mein Geburtstag? Aber warum ist das wichtig?«, flüsterte sie.

»Sie brauchen jetzt vor allem etwas Ruhe«, sagte Schwester Alice sanft und warf dabei Lena und Rosemarie einen viel sagenden Blick zu. »So viel Aufregung um ein Armband!«

»Entschuldigen Sie, Schwester«, sagte Rosemarie und schob Lena in Richtung Tür.

Lena merkte, dass es keinen Sinn hatte, weiter über das Thema zu sprechen. Mama und Schwester Alice waren überzeugt, dass es Großmutter nicht gut tat, und so verließ sie mit Mama das Zimmer.

Flinn starrte die beiden mit großen Augen an, als sie leise die Tür hinter sich schlossen. Doch er blieb beharrlich auf seinem Posten. Unbeweglich wie eine Statue hielt er dort vor Großmutters Tür Wache.

»Lena, du darfst Großmutter nicht beunruhigen«, sagte Mama streng, als sie in der Küche waren. »Nicht wegen des Armbands, des geheimen Gartens oder wegen irgendetwas sonst. Es geht ihr nicht gut und sie braucht vor allem Ruhe.«

Sie begann das Abendessen vorzubereiten, drehte sich aber noch einmal zu Lena um und versuchte zu lächeln.

»Hör mal, Lena, du brauchst dir nicht so viele Sorgen zu machen«, sagte sie. »Es ist ganz natürlich, dass Großmutter niedergeschlagen ist. Ihre Hand schmerzt sicher sehr. Und übermorgen hat sie Geburtstag – vergiss nicht, dass Großvater ein paar Tage nach ihrem Geburtstag vor fünf Jahren gestorben ist. Es macht sie traurig, wenn sie daran denkt.«

»Aber Mama …« Lena bemerkte, wie besorgt ihre Mutter aussah, und überlegte sich noch einmal, was sie sagen wollte. Sicher würde Mama es nicht verstehen, wenn sie ihr von der großen Gefahr erzählte, die sie im geheimen Garten plötzlich gespürt hatte. Und sie würde auch nicht verstehen, warum das Armband so wichtig war. Wenn sie genauer darüber nachdachte, verstand sie es ja selbst nicht so recht.

Sie wusste nur, dass Großmutter in Gefahr war. Und dass ihr geliebtes Armband verschwunden war und aus irgendeinem Grund unbedingt noch vor ihrem Geburtstag wiedergefunden werden musste.

Lena presste die Fäuste zusammen. Sie schwor sich hoch und heilig, das Armband noch vor dem Geburtstag zu finden, und wenn sie unter jedem einzelnen Kissen und in jeder Schublade im Haus würde suchen müssen. Nach dem Abendessen würde sie in Großmutters Zimmer beginnen, danach kämen das Wohnzimmer und die Küche dran. Sicher würde sie es noch heute Abend finden.

Doch als es schließlich Zeit war schlafen zu gehen, war das Armband noch immer spurlos verschwunden.

Lena lag zusammengerollt im Bett in dem kleinen Zimmer, in dem sie immer schlief, wenn sie im Vollmondhaus zu Besuch war, und grübelte. Natürlich gab es noch viele Orte, an denen sie nicht nach dem Armband gesucht hatte. Aber sie konnte sich nicht erklären, wie es in eines der unbenutzten Zimmer hätte kommen können, oder auf den Dachboden oder in den Keller.

Nach einer Weile fielen ihr die Augen zu. Ihr Bett war weich und warm und die Bettwäsche duftete angenehm nach Rosmarin. Sie wurde immer müder … morgen würde sie die Suche fortsetzen … morgen …

Lena riss die Augen auf. Sie hätte schwören können, dass sie ein leises Klingeln gehört hatte, gerade so wie von den Glücksbringern an Großmutters Armband. Und es kam von draußen, aus dem Garten, das war sicher.

Sie warf die Decke von sich, sprang auf und lief ans Fenster. Im Garten tauchte der Mond Gras und Blumen in ein silbernes Licht, das nur von den Schatten der in den Himmel aufragenden Äste der Bäume durchbrochen wurde. Lena versuchte angestrengt, etwas zu erkennen, aber das Einzige, was sie sah, war das graue Kätzchen, das sich unter den Bäumen in Richtung des geheimen Gartens davonstahl.

Lena zitterte. Sie rannte zurück ins Bett und zog sich die Bettdecke bis unters Kinn. Da draußen war niemand. Hatte sie sich das Klingeln nur eingebildet? Sie schloss die Augen und versuchte, nicht an das Armband zu denken. Die Wärme des Bettes umfing sie angenehm. Da fiel ihr plötzlich ein Ort ein, an den sie noch gar nicht gedacht hatte. Als Schwester Alice Großvaters Bild von der Wand nahm, hatte sie es in sein Atelier gestellt. Das hatte Mama ihr erzählt. Vielleicht war dabei das Armband versehentlich dorthin gelangt. Je länger Lena darüber nachdachte, umso wahrscheinlicher erschien es ihr. Das Atelier! Dort würde sie morgen mit der Suche beginnen. Erleichtert seufzte sie auf, und einige Augenblicke später war sie bereits eingeschlafen.

# Der Hilferuf

Am nächsten Morgen ging Lena noch vor dem Frühstück in Großvaters Atelier. Es war ein wunderschöner großer Raum mit weiß gestrichenen Wänden, auf die durch die großen Fenster das frühe Morgenlicht fiel.

Lena seufzte. Der Duft von Farbe, Leinwand und Papier – alles hier erinnerte sie an ihren Großvater. In einer Ecke stand der Stuhl, auf dem sie immer gesessen hatte, und seine Pinsel und Farben, seine Skizzenbücher und alle anderen Dinge lagen auf einer Bank, als würde er jeden Moment hereinkommen und weiterarbeiten.

Das geheimnisvolle Bild aus Großmutters Schlafzimmer stand an eine Wand gelehnt. Neugierig schaute sie es an. Es war nicht so schön wie seine anderen Bilder, fand Lena. Weder Menschen noch Tiere oder Elfen waren darauf zu sehen und es wirkte trüb und sehr rätselhaft. Man sah einen gewölbten Gang, der durch eine dunkelgrüne Hecke führte, die mit grauen Klecksen übersät war. Durch den Gang hindurch konnte man undeutlich erkennen, was sich hinter der Hecke befand – ein Kiesweg, daneben die schattenhaften Umrisse einiger Büsche und darüber ein grauer Himmel mit einem blassblau scheinenden Vollmond. *Vollmond,* dachte Lena. Sicher hatte er beim Malen an dieses Haus gedacht.

Vorsichtig neigte sie das Bild nach vorn, um sich die Rückseite anzuschauen, auf die Großvater oft den Titel des Bildes geschrieben hatte. Aber dieses hatte keinen Titel. Sie fand jedoch eine weiße Karte, auf der ein Rosmarinzweig zu sehen war und ein paar Worte in Großvaters schön geschwungener Handschrift geschrieben standen:

*Für meine Prinzessin*
*zu ihrem Geburtstag.*
*Man kann ja nie wissen …*
*In Liebe, für immer,*
*Robert*

Darunter hatte Großvater ein Datum geschrieben – fast auf den Tag genau vor fünf Jahren.

Mit angehaltenem Atem stellte Lena das Bild vorsichtig wieder an die Wand. Kein Wunder, dass Großmutter bei seinem Anblick weinen musste. Auch wenn es nicht sein schönstes Bild war – es war sein letztes Geburtstagsgeschenk für sie und es zeigte, wie sehr er sie geliebt hatte.

Lena biss sich auf die Lippen und ließ ihren Blick über

die Regale und Bänke des Ateliers wandern. Alles hier war ordentlich und sauber. Aber das Armband blieb unauffindbar.

Sie verließ das Atelier und ging zu Großmutter, die auf ihrem Stuhl am Fenster saß, den Arm in der Schlinge. Flinn lag neben ihr und schnurrte behaglich – das graue Kätzchen war nirgendwo zu sehen. Als Lena eintrat, lächelte Großmutter ihr zu und gab ihr einen Kuss.

»Deine Mutter hat dich schon vermisst, Lena«, sagte sie. »Ich glaube, sie möchte, dass du etwas frühstückst.«

»Ich habe nach deinem Armband gesucht, Großmutter«, entgegnete Lena, als hätte sie gar nicht gehört, was ihre Großmutter gesagt hatte. »Ich habe es noch nicht gefunden, aber ich wollte dir sagen, dass du dir keine Sorgen machen sollst. Ich gebe die Suche nicht auf, ehe ich überall nachgeschaut habe.«

Das Lächeln in Großmutters Gesicht verschwand und wich einer tiefen Furche zwischen ihren Augenbrauen.

»Was sagst du da? Von welchem Armband sprichst du?«

Lena schaute sie entsetzt an.

»Von *deinem* Armband. Mit den Glücksbringern!«, stieß sie hervor. »Du hast es doch immer getragen, und jetzt ist es verschwunden.«

»Oh …«, stammelte Großmutter verunsichert und strich sich mit der gesunden Hand über die Stirn. Ihre Finger zitterten leicht.

»Ich vergesse so viel … es tut mir leid, Lena, aber ich weiß nicht, was du meinst.«

Flinn gab ein finsteres Knurren von sich.

»Mutter! Frühstück ist fertig!«, rief Rosemarie aus der Küche. Im nächsten Augenblick stand sie im Zimmer und stellte ein Tablett mit Toast, Marmelade und Tee auf einen kleinen Tisch.

»Ach, hier steckst du«, sagte sie zu Lena. »Ich habe dich schon gesucht.«

Lena schaute abwechselnd ihre Mutter und Großmutter an. In ihrem Hals steckte ein dicker Kloß. Gestern erst war Großmutter in heller Aufregung wegen ihres Armbands gewesen und heute wusste sie nicht einmal mehr, wovon Lena sprach. Wie konnte sie das vergessen haben? Lena murmelte etwas vor sich hin und lief in die Küche.

Den ganzen Tag suchte Lena nach dem Armband. Doch als es Abend wurde, hatte sie es noch immer nicht gefunden. Und offenbar war sie die Einzige, die sich überhaupt dafür interessierte. Großmutter schien es tatsächlich vergessen zu haben, und Mama war viel zu sehr damit beschäftigt, alles für den Umzug in die Stadt vorzubereiten.

»Mach dir doch nicht so viele Gedanken«, sagte sie am Abend zu Lena, als sie sah, wie diese zum x-ten Mal die Schubladen im Wohnzimmer durchwühlte. »Das Armband wird sicher hinter irgendein Möbelstück gefallen sein. Ich bin sicher, dass es wieder auftaucht.«

Vielleicht, dachte Lena. Aber dann ist es womöglich zu spät. Morgen hat Großmutter Geburtstag. Die Zeit läuft mir davon.

Sie gebot ihren wirren Gedanken Einhalt. Die Zeit lief ihr davon? Aber was sollte denn passieren? Sie schob die Schublade zu, die sie sich gerade vorgenommen hatte, und rieb sich müde die Stirn. Mama hatte zwar gesagt, sie solle sich nicht so viele Gedanken machen, aber in ihrem Kopf drehte sich dennoch alles. Da war irgendetwas, das noch wichtiger war als Großmutters Armband.

Lena warf einen Blick auf ihre Mutter. Sie konnte es nicht länger für sich behalten. »Großmutter erinnert sich nicht mehr an ihr Armband!«, flüsterte sie. »Als ich mit ihr darüber sprach, hatte sie keine Ahnung, was ich meinte.«

Sie ließ den Kopf hängen und begann zu weinen.

»Lena, sei nicht traurig«, sagte Rosemarie mit beruhigender Stimme und nahm ihre Tochter in die Arme. »Du weißt doch, dass ältere Menschen manchmal vergesslich werden. Und dann noch ihre Verletzung. Dieser Sturz hat sie völlig durcheinander gebracht. Aber es ist nicht so schlimm, dass wir wirklich besorgt sein müssten.«

Lena nickte.

»Ja, ich weiß. Aber so alt ist Großmutter doch gar nicht. Sie ist erst neunundsechzig. Die Urgroßmutter von Simone ist einhundertundein Jahre alt, und sogar sie erinnert sich noch an viele Dinge. Aber selbst *wenn* Großmutter vergesslich wird – wie kann es sein, dass sie ausgerechnet ihr Armband vergisst? Sie hat mir so oft erzählt, dass jeder

Glücksbringer daran seine ganz eigene Geschichte hat und sie an etwas erinnert. Das Herz, der Fisch, der Apfel, der Schlüssel …«

Mama klopfte ihr beruhigend auf die Schulter. »Ich weiß. Aber ich habe dir ja gesagt, dass es nicht gut für sie ist, hier so lange allein zu bleiben. Sie lebt sehr in der Vergangenheit. Das wird alles besser, wenn wir sie mit in die Stadt nehmen. Glaub mir.«

Lena war keineswegs davon überzeugt. Als sie sich an diesem Abend ins Bett legte, veranstalteten die Gedanken in ihrem Kopf eine solche Hetzjagd, dass sie meinte, sie würde nie einschlafen können. Aber sie war so müde, dass es dann doch nicht lange dauerte, bis sie eingeschlummert war.

Lena schlief sehr tief in dieser Nacht. Der Mond kletterte am Himmel höher und höher, bis sein Licht in ihr Zimmer fiel. Draußen gab es allerlei eigenartige Geräusche, aber auch davon ließ sie sich nicht wecken. Die Stunden verstrichen, bis plötzlich …

*Plumps!* Irgendetwas Schweres landete auf Lenas Brust. Sie schlug die Augen auf und spähte in die Dunkelheit. In ihrer Brust hämmerte ihr Herz laut. Was war hier los? Irgendetwas bewegte sich auf ihrer Bettdecke. Plötzlich blickte sie in Flinns golden glänzende Augen, und seine sanfte Pfote strich ihr über die Wange.

Sie setzte sich auf. »Was ist denn los?«, flüsterte sie. Flinn starrte sie an und schaute dann zum Fenster.

Lena rieb sich die Augen. Träumte sie? Nein, Flinn hockte wirklich auf ihr. Immer noch starrte er in Richtung Fenster. Dann sprang er vom Bett und ging mit erhobenem Schwanz zum Fenster hinüber. Er drehte sich zu ihr um, offensichtlich wollte er, dass sie ihm folgte.

Lena stand auf und ging ebenfalls zum Fenster, wie in der letzten Nacht. Wieder schaute sie in den Garten, konnte aber nichts entdecken, nicht einmal das graue Kätzchen, gar nichts war dort …

Und dann hörte sie es. Ein fast unhörbar leises Geräusch. Eine Stimme.

Sie streifte sich die Haare hinter die Ohren, um besser hören zu können.

»Magdalena … Magdalena!«

Lena stand starr vor Schreck. Jemand rief ihren Namen. Sie drehte sich zu Flinn um, doch der war schon unterwegs zur Zimmertür, wobei er sich immer wieder nach ihr umschaute.

»Was ist denn hier los, Flinn?«, flüsterte Lena. Er verließ kurz das Zimmer, kam aber gleich darauf wieder herein und funkelte sie mit seinen goldenen Augen an. Ganz eindeutig wollte er, dass sie ihm folgte.

»Magdalena!«

Jetzt konnte man die Stimme besser hören. Es klang müde und fast wie ein Flehen, als würde sie schon lange rufen.

Lena lief zum Schrank und zog Großmutters grauen

Morgenmantel an, bestimmt war es nicht gerade warm im Garten. Dann folgte sie Flinn.

Sie schlich zur Hintertür des Vollmondhauses, öffnete sie vorsichtig und ging dann hinaus in die kalte Nachtluft.

»Kommst du denn nicht mit?«, fragte sie Flinn, während sie sich nach ihm umdrehte. Aber als sie sah, wie er sich mit erhobenem Kopf und eng nebeneinander gestellten Pfoten vor die Tür gesetzt hatte, wusste sie die Antwort sofort. Er würde hier bleiben und Großmutter bewachen. Das war seine Aufgabe.

Also musste Lena allein hinaus. Langsam ging sie über die Schatten, die dunkel auf dem Rasen lagen. Die Stimme wurde immer deutlicher, auch wenn sie noch sehr leise war. Plötzlich erkannte sie, dass es mehrere Stimmen waren.

»Magdalena! Magdalena! Wenn du uns hörst, dann komm sofort! Wir brauchen dich!«

Lena beeilte sich jetzt. Sie hielt den Mantel mit den Händen zusammen. Und nun wusste sie auch, woher die Rufe kamen.

Sie kamen aus dem geheimen Garten.

## »Wo bin ich?«

Lena nahm all ihren Mut zusammen, öffnete das Tor in der Hecke und trat in den geheimen Garten.

Aber hier war niemand. Der Duft von Rosmarin hing in der Luft. Sie blieb erst einmal abwartend stehen, dann ging sie einen Schritt weiter hinein …

Plötzlich vernahm sie ein leises Seufzen. Sie spürte einen leichten Windhauch im Gesicht und im nächsten Moment tanzte etwas wie eine kleine Nebelwolke vor ihren Augen. Ihre Finger lösten sich vom Mantel, ein kalter Schauer lief ihr über den Rücken und sie zitterte am ganzen Körper.

Und mit einem Mal befand sie sich nicht mehr in ihrem vertrauten geheimen Garten. Sie hatte nicht die leiseste Ahnung, wo sie war. Um sie herum ertönte ein freudiges Rufen und Singen: »Da ist sie! Wir haben sie! Was hab ich euch …«

Dann brachen die Stimmen ab, eine kleine Pause entstand, und als Nächstes hörte sie: »O nein … O NEIN!«

Verwirrt schaute Lena sich um. Ihr Mantel war zu Boden geglitten und sie spürte ihre Haare auf den Schultern. Irgendwo in der Ferne konnte sie Gesang hören.

Sie stand auf einem Kiesweg, links und rechts ragte eine düstere Hecke in die Höhe. Die Hecke war viel größer als die im geheimen Garten und an vielen Stellen hatte sie dunkle Flecken von welkem Laub. Die Luft duftete süßlich und dichte Nebelschwaden umgaben sie … an irgendetwas erinnerte sie all das hier … Sie blickte auf und – als hätte sie es gewusst – sah sie einen grauen Himmel mit einem blassblauen Vollmond. Doch als sie sich zur Hecke umdrehte, fand sie dort keinen gewölbten Gang … Sie konnte sich nicht erklären, wie sie hierher gekommen war.

»Das ist ja eine Katastrophe!«, meckerte eine wütende Stimme.

Lena drehte sich erschrocken um. Hinter ihr stand eine kleine, dicke Frau mit schwarzen Knopfaugen und einem Tuch um den Kopf, die sie erstaunt anstarrte. Neben ihr konnte sie einen schmächtigen, bekümmert dreinschauenden Elfen mit langen Hängeohren erkennen – und da war noch ein klitzekleines weißes Pferd mit einer geflochtenen Mähne, das noch verständnisloser als die beiden anderen vor sich hin stierte.

Zu ihrem großen Erstaunen war es das Pferd, das gesprochen hatte.

»Eine Katastrophe!«, grummelte es noch einmal. »Wie ist denn das möglich?« Fragend wandte es sich an die kleine, dicke Frau. »Patrizia! Du hattest doch gesagt …«

»Aber das ist doch … das richtige Tor«, stammelte die Frau, die anscheinend Patrizia hieß. »Maybel, ich garantiere dir, es muss …«

»Wir sind verloren!«, jammerte der Elf. »*Verloren!* Jetzt haben wir kein bisschen mehr von der magischen Kraft. Und das Tor hat sich wieder geschlossen, ohne dass wir sie gefunden haben. Stattdessen steht hier irgendein Menschenkind vor uns. Alles aus! Oh, habe ich es nicht gleich gesagt? Ich wusste es!«

Lena musste sich beide Hände vor den Mund halten, um nicht loszuschreien. Wo war sie? Wer waren diese Leute?

Aus der Ferne drangen Rufe und lautes Stampfen zu ihnen herüber.

»Achtung!«, zischte Maybel. »Die königliche Wache!«

»O nein!«, quietschte der Elf. Er warf die Hände in die Luft und begann hilflos im Kreis zu laufen. »Was sollen wir nur tun? Jetzt schnappen sie uns! Ich wusste es!«

»Schnell, Patrizia, versteck sie da drüben«, rief Maybel, ohne auf den Elfen zu achten.

Patrizia schlang ihren Arm um Lena und schob sie hinter einen Busch neben der Hecke. Das Geräusch von marschierenden Füßen wurde lauter. Mit einem letzten verzweifelten Quieken hüpfte der Elf in die Luft und blieb dort reglos hängen, die Hände vor das Gesicht geschlagen.

Maybel verdrehte genervt die Augen und begann in aller Ruhe zu grasen, als wäre nichts geschehen.

»Sei jetzt ganz still, Kleine«, hauchte Patrizia Lena ins Ohr.

Lena hatte nicht vor, sich auch nur einen Millimeter zu bewegen. Noch nie im Leben hatte sie solche Angst gehabt. Sie machte sich so klein sie konnte und traute sich kaum zu atmen.

Einige Augenblicke später trat eine Truppe von Soldaten in strengen Uniformen aus dem Halbdunkel. Die Kieselsteine knirschten unter ihren Stiefeln. Mit ihrer kleinen Hand zerdrückte Patrizia fast Lenas Finger. Lena bebte am ganzen Leib und schloss die Augen. Ihr Mantel lag noch immer dort, wo er ihr von den Schultern gerutscht war. Die Soldaten würden ihn sicher entdecken. Dann wüssten sie, dass ein Fremdling hier war, und würden nach ihm suchen. Und dann …

»Halt!«, brüllte die Anführerin, und eine Sekunde später stand die ganze Truppe still – genau vor dem Busch, hinter dem sich Patrizia und Lena versteckt hielten.

»Fünf Minuten Pause!« Der Befehl ging durch die Reihen, und bald darauf saßen alle Soldaten auf dem Boden und ruhten sich aus. Die Anführerin erblickte den zitternden Elfen in der Luft und grunzte amüsiert. Sie streckte sich und schaute den Mond an.

»Mitternacht, Loris«, sagte sie zu dem Mann, der neben ihr saß. »Der große Tag ist da.«

»Wenn du mich fragst, machen sie es ganz schön spannend«, brummte er zurück. Er strich mit dem Finger über eine kahle Stelle der dunkel aufragenden Hecke. »Es bleibt nicht mehr viel Zeit. Sie sagen, genau bei Sonnenaufgang sind die fünfzig Jahre um. Die Königin ist gestern Nacht zurückgekommen, oder? Warum hat sie dann den Zauber nicht erneuert? Wieso muss man bis zur letzten Sekunde warten?«

Die Anführerin zuckte mit den Schultern.

»Sie wird schon wissen, was sie tut«, sagte sie. »Aber du kannst mir glauben, ich bin froh, wenn die Hecke wieder in ihrem alten Zustand ist, Loris. Sie ist schon halb verdorrt. Und ohne sie werden wir uns die Anderen nie vom Leib halten können. Es werden immer mehr.«

Der Mann nickte zustimmend.

»Ich habe gehört, es seien Tausende. Und sie warten. Sie wissen, worum es geht, und hoffen, dass die Königin nicht zurückkommt. Sie hoffen, dass der Zauber endet und die Hecke ganz abstirbt.«

Er wandte seinen Kopf zu Maybel.

»Und du weißt, was dann geschehen wird«, fügte er grimmig hinzu.

Maybel schaute ihn an und schüttelte ihre weiße Mähne. Lena spürte, wie Patrizias Händedruck noch fester wurde.

»Psst! Es bringt nichts, wenn wir alle anderen hier beunruhigen. Und außerdem besteht kein Grund zur Sorge. Die Königin ist ja wieder da, oder etwa nicht. Wie sie es versprochen hatte. Und heute ist der große Tag. Hör doch, wie die Nixen singen. Hunderte von ihnen haben sich in der Bucht versammelt. Sie wissen, dass die Zeit gekommen ist. Und morgen wird die Hecke wieder ganz die Alte sein.«

»Ich bin froh, dass dieser ganze Spuk nicht öfter stattfindet«, raunte Loris. »Kann nicht behaupten, dass ich all das mag.«

»Geht mir auch so«, sagte die Anführerin und zog ihren Helm fester.

»Jetzt aber los, Loris. Die Pause war lang genug. Weiter geht's.«

Loris gab den Befehl weiter. Mürrisch stellten sich die Männer wieder in Reih und Glied auf.

»Vorwärts!«, donnerte die Anführerin, und links, rechts, links, rechts marschierte die Truppe davon.

Vorsichtig rappelten sich Patrizia und Lena auf und krochen hinter dem Busch hervor. Sofort lief Lena zu ihrem Mantel und hob ihn auf. Ein Wunder, dass die Soldaten ihn nicht entdeckt hatten. Sie drückte ihn an sich. Er war weich und warm und roch nach dem Vollmondhaus.

Maybel kam zu ihnen herübergetrottet. Ungeduldig funkelte sie den Elfen an, der noch immer in der Luft hing und die Hände vor die Augen hielt.

»Komm endlich runter, Giff«, rief sie. »Sie sind ja weg.«

Aber der Elf regte sich nicht.

»Giff!«, zischte das Pferd und schabte mit einem Huf im Kies. »Dieser unmögliche Elf treibt mich noch in den Wahnsinn!«

»Wahrscheinlich hört er ebenso wenig wie er sieht, der arme Kerl«, sagte Patrizia beschwichtigend. Sie griff in ihre Tasche und holte ein paar runde, weiße Kekse hervor, die einen starken Pfefferminzduft verströmten.

»Giff!«, rief sie und warf dem Elfen gezielt einen der Kekse in den Nacken.

Mit einem herzzerreißenden Schrei warf der Elf alle viere

von sich und plumpste wie ein nasser Sack zu Boden. Dort blieb er zusammengerollt liegen, und seine Ohren zitterten vor Angst.

»Man hat … auf mich … geschossen!«, stammelte er.

»Wird wohl ein Moskito gewesen sein«, sagte Patrizia mild.

»Schau doch, die Soldaten sind weg. Wir sollten auch verschwinden, hier sind wir nicht sicher. Und wir müssen überlegen, was wir jetzt tun sollen.«

Giff ließ seine Ohren kraftlos herunterhängen und trommelte mit den Fäusten auf den Kies.

»Was bringt das alles?«, jammerte er. »Ich wusste es! Es ist zu spät. Wir haben erbärmlich versagt! Wir sind verloren!«

»Nun, wenn wir schon verloren sind«, sagte Maybel, »dann lasst es uns wenigstens drinnen sein. Kommt mit.«

Giff kämpfte sich auf die Füße und greinte vor sich hin.

Lena blieb reglos stehen. Sie hatte genug von all dem hier.

»Ich werde nirgendwo hingehen, ehe ihr mir nicht gesagt habt, was hier eigentlich los ist!«, sagte sie mit strenger Stimme. Sie wandte sich an Maybel. Auch wenn sie ein Pferd war, schien sie doch das Sagen zu haben.

»Also? Wo bin ich hier eigentlich?«, fragte sie fordernd. »Was für einen Zauber braucht ihr, um die Hecke wieder erblühen zu lassen? Wer sind die Anderen? Wie bin ich überhaupt hierher gekommen?« Sie holte tief Luft.

»Und das Wichtigste: Wie komme ich wieder zurück?«

# Der Zauber

Maybel blickte zu Boden und schüttelte verlegen ihre Mähne. »Ähm … ich denke, darüber sollten wir später reden«, sagte sie.

Lena stampfte mit dem Fuß fest auf den Boden.

»Das werden wir nicht!«, beharrte sie. »Das können wir genauso gut jetzt tun!«

Patrizia räusperte sich leise.

»Ich denke, wir sollten dem Kind alles erklären, Maybel«, sagte sie. »Das sind wir ihr wohl schuldig.«

Maybel grummelte und schüttelte wieder ihre Mähne.

»Na gut«, sagte sie schließlich. »Einverstanden. Aber ich bestehe darauf, dass wir hineingehen. Die Wache kann jeden Moment zurückkommen, und wir können es nicht riskieren, hier mit ihr erwischt zu werden.«

»Zum Schloss ist es nicht weit«, sagte Patrizia, legte ihren Arm um Lena und machte sich langsam auf den Weg.

»Und eine Tasse heiße Schokolade wird dir sicher gut tun. Wir können uns ja unterwegs unterhalten.«

Heiße Schokolade? Ein Schloss?

Erstaunt schaute Lena sie an. Aber Giff leckte sich die Lippen und Maybel trottete bereits den Kiesweg entlang. Also zuckte Lena nur mit den Schultern und ließ sich von den anderen führen.

»Es ist nämlich so«, begann Patrizia. »Die Hecke hier ist die Grenze unseres Reiches. Sie beschützt uns vor den Anderen.«

»Aber wer …«, wollte Lena gerade einwerfen, da mischte sich Giff ein: »Trolle!«, stieß er mit weit aufgerissenen Augen hervor. »Trolle … Kannibalen … Kobolde … Drachen … Riesen und Monster … und … und …«

»Und alle möglichen anderen ungemütlichen Wesen«, bestätigte Patrizia und seufzte. »Sie leben im Anderland. Auf der anderen Seite der Hecke.«

»Aber ich dachte, *wir* leben auf der anderen Seite«, sagte Lena überrascht.

Patrizia schüttelte den Kopf. »Aber nein, Kleine«, sagte sie. »Ihr lebt in einer ganz anderen Welt. Die Tore dorthin öffnen sich nur durch Magie. Aber Anderland gehört zu unserer Welt. Und seine Bewohner würden alles tun, um in unser Reich zu kommen. Alles, das kannst du mir glauben. Aber die Hecke verwehrt ihnen den Zugang.«

Ein paar Schritte vor ihnen war Maybel langsamer geworden. Sie verließ den Weg und steuerte ein Wäldchen mit hohen Bäumen an.

»Komm weiter«, drängte Patrizia. Sie folgten Maybel, und bald erblickte Lena hinter den Bäumen die hohen Mauern und Türme eines Schlosses, das genauso aussah wie die auf Großvaters Bildern. Aus einem Tor unter einer Reihe großer Fenster strömte helles Licht. Lena konnte kaum weitergehen, so aufgeregt war sie. Sie stellte sich vor, wie eine Prinzessin durch das Tor zu schreiten, und wünschte sich, andere Kleider anzuhaben. Barfuß und im Nachthemd dort hineinzugehen schien ihr nicht gerade angemessen zu sein. Sie fragte sich, ob Großmutters Mantel wohl geeignet sei …

Aber zu ihrer großen Enttäuschung gingen die anderen gar nicht auf das Tor zu. Stattdessen führten sie sie an der Front des Gebäudes vorbei zu einer kleinen Tür hinter ein paar Büschen.

»Hier herein«, flüsterte Patrizia und nahm einen Schlüssel aus ihrer Tasche. Bald darauf gelangten sie durch einen engen Vorraum in eine kleine, gemütliche Küche.

Lena schaute sich erstaunt um.

»Werden hier alle Speisen für die Schlossbewohner gekocht?«, wunderte sie sich.

Patrizia prustete los vor Lachen, und ihre schwarzen Augen funkelten.

»Aber nein, Kleine. Ganz sicher nicht«, kicherte sie. »Die Schlossküche ist etwa hundertmal so groß wie diese. Hier koche ich mir nur meine Mahlzeiten, wenn ich nicht arbeiten muss. Ich bin die Hausmeisterin des Schlosses, weißt du. Früher war ich die Hebamme aller Neugeborenen im Schloss, aber das ist lange her.«

Sie band sich eine Schürze um ihren rundlichen Bauch, holte geschäftig Schokolade, Milch und Sahne herbei und legte Kekse auf einen Teller. Alles schien so selbstverständlich zu sein, dass Lena für einen Moment völlig vergaß, wo sie war: in einem merkwürdigen Schloss, zusammen mit ein paar sehr eigenartigen Gestalten, und tausend Fragen schwirrten ihr im Kopf herum, die ihr niemand beantwortete. Dann sah sie Maybel, die mit übereinander geschlagenen Hinterbeinen am Tisch lehnte.

»Warum wollen denn die Trolle und Kobolde und all die anderen in euer Reich eindringen?«, fragte sie.

Maybel schnaubte ärgerlich.

»Weil sie durch und durch miese Kerle sind. Sie wollen alles zerstören, was schön ist«, sagte sie. »Zudem haben sie es auf das Gold abgesehen, das sich auf dem Grund unserer Flüsse befindet. Sie sind verrückt danach. Und außerdem …«, fügte sie beiläufig hinzu, »wollen sie mich.«

»Dich?«, wunderte sich Lena.

»Mich und alle meine Freunde und Verwandten«, sagte Maybel. »Sie wollen uns wie Sklaven in ihren Minen arbeiten lassen. Unter der Erde, in völliger Dunkelheit. Vor ihre dreckigen Karren gespannt. Brrr!«

Sie schaute an die Decke. Ihre Worte mochten verächtlich klingen, aber Lena merkte, dass Maybel unter ihrer rauen Schale Angst hatte.

Patrizia griff nach Lenas Arm. Auch sie hatte Angst.

»Sie werden doch nicht hier hereinkommen, oder, Maybel?«, fragte Giff mit bebender Stimme.

»Wenn es mit der Hecke nicht besser wird, weiß ich nicht, wie wir sie davon abhalten können«, erwiderte das kleine Pferd.

»Und an dieser Stelle, meine Kleine, kommst du ins Spiel«, seufzte Patrizia. Sie streifte Lena mit einem Blick, während sie die Tassen mit dampfender Schokolade auf den Tisch stellte.

»Oder besser: An dieser Stelle hättest du ins Spiel kommen sollen, wenn du die wärst, für die wir dich gehalten haben.«

»Was? Ich verstehe kein Wort«, rief Lena.

»Das wundert mich nicht«, lächelte Maybel.

Sie stieß sich vom Tisch ab und warf Patrizia einen Blick zu. »Lass mich weitererzählen«, sagte sie und räusperte sich.

Erwartungsvoll nippte Lena an dem vorzüglichen Kakao.

»Die Hecke, die unser Reich schützt«, begann Maybel mit feierlicher Stimme, »ist keine normale Hecke. Die Anderen haben zwar magische Kräfte, aber diese sind nicht stark genug, um unsere Hecke zu zerstören. Außer zu einem ganz besonderen Zeitpunkt, in einer ganz bestimmten Vollmondnacht. Genauer gesagt: einmal in fünfzig Jahren.

Die Kraft unserer Hecke beruht auf einem Zauber. Und dieser Zauber sorgt auch dafür, dass hier im Reich alles friedlich ist und alle glücklich leben können. Aber nach fünfzig Jahren muss diese Zauberkraft erneuert werden. Das kann nur die wahre Königin. Und zwar mit einem Zauberspruch, der nur ihr bekannt ist. Ohne diese Wiederbelebung zerfällt die Hecke.«

Maybel hielt einen Moment inne.

»Verstehst du jetzt?«

Lena nickte.

»Ja, natürlich!«, erklärte sie. »Und so wie die Hecke gerade aussieht und wenn ich die Soldaten richtig verstanden habe, sind die fünfzig Jahre bald um.«

Giff stöhnte und vergrub seine Nase in der Tasse.

»Die Meerjungfrauen singen«, wimmerte er. »Ich frage mich, was es gerade jetzt zu singen gibt!«

»Die Meerjungfrauen versammeln sich immer zu diesem Zeitpunkt in der Bucht, um die Wiederbelebung des Zaubers zu feiern«, wandte Patrizia sich jetzt an Lena. »Sie – und auch alle anderen – gehen ja davon aus, dass alles wie immer sein wird.«

»Aber ihr glaubt das anscheinend nicht, oder?«, fragte Lena, als sie in die besorgten Gesichter blickte.

Maybel schüttelte langsam den Kopf.

»Genau heute bei Sonnenaufgang sind die fünfzig Jahre verstrichen. Es ist nur noch ganz wenig Zauberkraft übrig. Bis zum Tagesanbruch sollte es noch reichen. Aber dann ...«

»Also«, rief Patrizia plötzlich energisch und warf ihre Schürze von sich, »ich halte es nicht länger aus. Ich muss jetzt einfach hingehen und es mir anschauen!«

»Ich auch, ich auch«, schloss sich Giff an.

Maybel schnaubte.

»Wir werden alle gehen«, sagte sie, »komme, was wolle. Und du«, wandte sie sich an Lena, »gehst mit uns. Es könnte jemand kommen und dich hier finden.«

Schnell trank Lena ihren Kakao aus und folgte den anderen. Sie gingen durch einen engen Flur, dann eine steile Treppe hinauf und gelangten in einen sehr verwinkelten, noch engeren Gang mit sehr niedrigen Decken. Lena musste sich ganz klein machen, um Patrizia folgen zu können. Hinter sich hörte sie das Stöhnen und Jammern Giffs und Maybels kleine Hufe, die auf dem Boden klapperten.

Als sie vor einer dunklen Holzwand standen, hielt Patrizia an. In der Wand war ein Loch, durch das warmes Licht in den Gang strömte.

Patrizia wandte sich um und hielt sich einen Finger vor den Mund. Dann drehte sie sich wieder um, bückte sich und schaute vorsichtig durch das Loch in der Wand. Die anderen stellten sich neben sie und taten es ihr gleich.

Hinter der Wand hing ein dünner Vorhang. Dennoch konnte Lena alles erkennen, was sich dahinter abspielte: Sie schaute in einen riesigen, feierlich geschmückten Saal, der von Hunderten von Kerzen erleuchtet wurde. Mächtige glitzernde Säulen aus Kristall schmückten den Raum und an einer Seite befanden sich prachtvolle farbige Fenster. Lena erkannte in ihnen die Fenster, die sie auf dem Weg zum Schloss gesehen hatte. In der Mitte des Saales saß eine sanftmütig wirkende, wunderschöne Königin auf einem goldenen Thron. Ihr rotes Haar fiel ihr bis auf den Rücken und auf dem Kopf trug sie eine silberne Krone. Sie schien tief in Gedanken versunken zu sein.

Neben dem Thron schwebte ein prachtvoller Kreisel aus Kristall frei in der Luft. Er war oben und unten offen und glitzerte im Kerzenlicht. Außer ein paar kleinen goldenen Kugeln, die sich an der oberen Öffnung im Kreis bewegten, war er leer. Lena sah, wie eine dieser Kugeln langsam niedersank und wenig später aus der unteren Öffnung des Kreisels herausfiel. Dann schwebte die Kugel für einen Moment im Raum – und im nächsten Augenblick blitzte sie kurz auf und verschwand. Die Frau auf dem Thron seufzte und sah nun noch verzweifelter aus als zuvor.

Die vier Freunde traten von der Wand zurück und gingen ein Stück weit in den Gang hinein, damit sie sprechen konnten. Patrizia schlug die Hände vor dem Gesicht zusammen. Sie sah sehr niedergeschlagen aus.

»Ich verstehe das nicht«, sagte Lena. »Warum erneuert die Königin denn nicht einfach den Zauber? Sie sitzt doch direkt daneben. Warum spricht sie nicht einfach den Zauberspruch und …«

Die anderen schüttelten nur traurig die Köpfe.

»Die arme Königin Helena kann gar nichts machen«, erklärte Patrizia. »Sie ist nicht die wirkliche Königin. Sie ist eine weise und gute Frau – und hat sie uns nicht immer gut regiert, Giff?«

Giff nickte und sagte: »Vielleicht manchmal ein bisschen zu sanft.«

»Sie lässt sich hin und wieder von Schurken und Strolchen beeinflussen, das stimmt wohl. Aber bisher hat uns das nicht wirklich geschadet«, meinte Patrizia.

»Vielleicht nicht«, warf Maybel ein, »aber wie man es auch dreht und wendet, sie ist nicht die wirkliche Königin. Den Zauber kann sie nicht erneuern.«

»Aber wo ist denn die wirkliche Königin?«, wollte Lena wissen. »Und warum ist sie nicht hier?«

# Die Schwestern

»Hör gut zu«, sagte Maybel. »Ich werde dir alles erzählen.«

Erwartungsvoll schaute Lena Maybel an. Auch Patrizia und Giff wurden ganz still.

»Vor langer Zeit«, begann Maybel, »gab es im Reich zwei kleine Prinzessinnen. Die ältere sollte einmal Königin werden. Von ihrer Mutter bekam sie den Spruch überliefert, mit dessen Hilfe man die Zauberkraft erneuern kann. Und wenn die Zeit käme, könnte nur sie allein diese Aufgabe erfüllen.

Sie war wunderschön und selbstbewusst und jeder hatte sie gern. Ihre jüngere Schwester Helena war ebenfalls sehr schön und beliebt. Aber sie hatte ein milderes Wesen. Sie war ein gutes, folgsames Mädchen.

Die kleinen Prinzessinnen wuchsen im Schloss gemeinsam mit ihrer fast gleichaltrigen Cousine Valda auf, die ihnen sehr ähnlich sah. Auch Valda war immer höflich und charmant, aber sie hatte sehr finstere Züge an sich.«

Maybel zuckte mit den Nüstern.

»Valda war eines dieser Kinder, die die Erwachsenen immer anlächeln und hinter deren Rücken andere Kinder kneifen und herumschubsen. Verstehst du?«

Lena nickte, sie hatte auch solche Mädchen in ihrer Klasse.

Maybel erzählte weiter.

»Obwohl sie sehr verschieden waren, spielten die Mädchen immer zusammen, wurden gemeinsam unterrichtet und lebten wie Schwestern. Aber alle wussten, dass Magdalena eines Tages Königin werden würde.«

Lena zuckte zusammen.

»Was? Wie war der Name?«, fragte sie.

Maybel schaute sie überrascht an.

»Magdalena«, wiederholte sie. »Unsere wirkliche Königin. Sie war es, nach der wir gerufen haben, als du dann versehentlich hier gelandet bist. Wie auch immer … Als Magdalena sechzehn Jahre alt war, kam ein Fremder in unser Reich. Er war ein großer und schöner Mann – und er kam aus deiner Welt. Er hatte eines der Tore gefunden, das gleiche, durch das du gekommen bist. Es gibt viele Tore, man muss nur wissen, wo man sie suchen muss.«

»Es hat ihm bei uns gut gefallen«, mischte sich Giff ein und lächelte wehmütig bei dem Gedanken daran.

»Das stimmt«, bestätigte Maybel. »Aber er konnte nicht bleiben, da Sterbliche hier in unserem Reich nicht lange leben können. Einige Jahre lang kam er uns immer wieder besuchen. Für viele aus unserem kleinen Volk wurde er ein richtiger Freund. Und jedes Mal, wenn er kam, besuchte er auch Magdalena.«

»Jeder konnte sehen, dass sie sich ineinander verliebt hatten«, sagte Patrizia und biss sich auf die Lippen. »Und niemand hätte gedacht, dass irgendetwas daran falsch sein könnte, niemand erkannte die Gefahr. Bis sie …«

»… gemeinsam von hier flohen«, sagte Lena. »Er nahm sie mit in seine Welt und sie heirateten. Sein Name war Robert Belairs.«

Verdutzt schauten sie Lena an.

»Woher weißt du das?«, fragte Giff ängstlich.

»Bitte erzähl weiter«, sagte Lena zu Maybel, »ich möchte alles wissen.«

»Sie verschwanden an Magdalenas zwanzigstem Geburtstag. Der Tag, an dem ihre Mutter den Zauber erneuerte«, fuhr Maybel fort. Dabei schaute sie Lena neugierig an.

»Magdalena hinterließ einen Brief an ihre Schwester Helena, in dem sie schrieb, dass Helena an ihrer Stelle Königin werden solle. Und sie sagte, dass sie nun in einer neuen Welt leben müsse, aber sie werde uns nie vergessen.«

»Nichts von hier hat sie mitgenommen, nicht ein einziges ihrer wunderbaren Kleider, keine Juwelen, gar nichts«, seufzte Patrizia und trocknete sich die Augen. »Nur ihr Armband mit den Glücksbringern, die sie an zu Hause erinnern sollten, nahm sie mit.

Sie versprach Helena, es immer zu tragen. Es sollte verhindern, dass sie unser Reich vergisst. Und es sollte sie daran erinnern, dass sie nach genau fünfzig Jahren wiederkommen muss, um den Zauber zu erneuern und Helenas Tochter zur nächsten Königin zu krönen.«

»Was war das für eine Aufregung, als der König und die Königin davon erfuhren«, stöhnte Giff mit weit aufgerissenen Augen.

»Wie du dir vorstellen kannst«, sagte Maybel nüchtern. »Doch bald schon war ihnen klar, dass sie daran nichts ändern konnten. Sie verkündeten, dass Helena die neue Königin werden solle, wenn die Zeit dafür gekommen sei, wie Magdalena es gewünscht hatte. Und Helenas Tochter solle ihre Nachfolgerin werden. Fast alle im Reich hielten das für eine gute Lösung. Natürlich waren sie traurig, dass Magdalena fortgegangen war, aber sie liebten Helena genauso.«

»Valda fand das überhaupt nicht gut!«, mischte sich Giff wieder ein.

»Allerdings«, sagte Patrizia grimmig und verschränkte die Arme vor der Brust. »Sie war gar nicht einverstanden. In ihrer Wut erzählte sie allen, dass Magdalena eine Verräterin sei. Und weil Helena ihre Schwester sei, gelte für sie das Gleiche. Außerdem sei Helena schwach und würde das Reich ins Elend stürzen.« Patrizia runzelte die Stirn. »Ach, sie war neidisch, boshaft und schadenfroh, schon als Kind.«

»Mit einem Wort«, sagte Maybel ungeduldig, »Valda wollte selbst Königin werden. Sie versammelte ein paar machthungrige, üble Burschen um sich, die sie unterstützen sollten. Aber schon bald zeigte sie ihr wahres Gesicht, und niemand wollte sie zur Königin haben. Nach einiger Zeit verloren der König und die Königin die Geduld. Sie warnten sie, aber Valda hörte nicht auf, ständig neuen Ärger zu machen. Und dann wurde ihr Plan bekannt: Sie wollte Helena töten, um selbst Königin zu werden. Als die Königin dies erfuhr, wurde Valda nach Anderland verbannt.«

Patrizia seufzte. »Und so war von unseren drei Prinzessinnen plötzlich nur noch eine da. Arme Helena! Sie war so einsam und hatte solche Angst. Und sie vermisste Magdalena so sehr, daran erinnere ich mich noch gut. Aber nach einiger Zeit verliebte sie sich, heiratete und bestieg den Thron. Sie bekam ein Kind, ein süßes Mädchen, das sie Christie nannte. Helena war immer eine gute und fröhliche Königin. Aber jetzt steckt sie in den größten Schwierigkeiten.«

»Magdalena hat uns versprochen zurückzukommen«, sagte Maybel. »Aber sie ist nicht aufgetaucht. Und jetzt wird unser Reich vom Bösen bedroht. Alle Pforten zu eurer Welt sind verschlossen. Doch das kann unmöglich Helena gemacht haben. Irgendjemand anderes hat sie verschlossen.«

»Wir drei bekamen ein wenig von der Zauberkraft und hatten den Auftrag, damit den Eingang zu öffnen, durch den du gekommen bist«, erklärte Patrizia. »Wir standen dort und riefen Magdalena, immer wieder. Aber sie ist nicht gekommen. Ich fürchte«, sagte sie mit Tränen in den Augen, »sie ist tot.«

»Nein!«, rief Lena und nahm Patrizia am Arm. »Sie ist nicht tot. Sie ist zu Hause. Magdalena ist meine Großmutter. Das Armband, das sie an euer Reich erinnern soll, ist verschwunden. Und jetzt hat sie vergessen, was sie tun muss.«

Sie drehte sich zu Maybel um.

»Aber ich habe eine Idee. Bringt mich zum Tor und ich hole sie!«

Maybel schüttelte den Kopf.

»Nein, es ist zu spät«, sagte sie. »Wir können nichts mehr unternehmen. Und außerdem …«

»Magdalena!«

Der Ausruf kam aus dem Thronsaal. Dann hörten sie schnelle Schritte auf dem Marmorboden und ein leises Bimmeln, das Lena sehr gut kannte. Hastig liefen sie zur Wand zurück und schauten durch das Loch in den Saal. Königin Helena war vom Thron gesprungen und stand einer Frau gegenüber, deren Gesicht sie nicht sehen konnten.

»Magdalena! Endlich!«, rief sie erleichtert. »Der Zauber schwindet so schnell, schau doch nur. Es ist schon nach Mitternacht und die Hecke verdorrt von Minute zu Minute mehr. Meine Wache berichtet, dass sich auf der anderen Seite bereits Tausende Trolle versammelt haben. Meine Leute sterben vor Angst. Schnell, nur der Zauberspruch kann uns jetzt noch retten.«

»Ich denke«, antwortete die andere mit gelangweilter Stimme, »dafür ist auch am Morgen noch Zeit. Vor Sonnenaufgang besteht kein Grund zur Eile. Ich bin ja so müde! Ein heißes Bad und ein weiches Bett, das ist alles, was ich jetzt brauche.«

Man hörte ein finsteres Lachen, und dann drehte sich die Frau um.

Lena stockte der Atem.

Die Frau war klein und ebenso schön wie Helena. Mit

ihrem langen rotgoldenen Haar sah sie aus wie viele der Frauen auf Großvaters Bildern. Aber ihre grünen Augen funkelten kalt wie Eis und ihre dünnen Lippen verrieten einen stolzen Charakter. Auf ihrer Schulter saß ein graues Kätzchen, das Lena sofort wiedererkannte. Und um das Handgelenk trug sie ein Armband, an dem Glücksbringer hingen. Sie klimperten leise, während die Frau ihren Blick umherschweifen ließ und so tat, als wären es ihre eigenen Glücksbringer.

»Großmutters Armband!«, entfuhr es Lena. »Diese Frau trägt Großmutters Armband!« Sie wollte schon aufspringen und durch das Loch in den Saal schlüpfen. Aber da zuckte Giff erschrocken zusammen und Patrizia bekam gerade noch ihren Arm zu fassen, um sie zurückzuhalten.

»Psst! Sei still. Sie darf auf keinen Fall erfahren, dass du hier bist«, zischte sie und zog Lena von der Wand zurück. »Oder sie wird dich verschwinden lassen, wie die anderen vor dir.«

Sie zog so lange an Lena, bis sie ihr und den anderen ein Stück weit in den Korridor gefolgt war. Als sie so weit von der Wand entfernt waren, dass man sie nicht mehr hören konnte, brach es aus Lena nur so hervor. »Warum nennt Königin Helena diese Frau Magdalena?«, fragte sie.

Maybel rümpfte die Nüstern.

»Weil sie behauptet, Magdalena zu sein«, schnaubte sie. »Und Helena und die meisten anderen glauben ihr. Nur weil sie ihr ähnlich sieht und zur rechten Zeit gekommen ist. Und weil sie Magdalenas Armband trägt. Für viele hat dieses Armband die Bedeutung einer Krone.«

»Aber sie hat es gestohlen!«, rief Lena. »Genauer gesagt war es ihre schreckliche Katze, die es gestohlen hat. Sie hat sich Großmutter in den Weg gestellt, damit sie stolpert. Dabei verstauchte sich Großmutter das Handgelenk, und das Armband musste abgenommen werden. Bei dieser Gelegenheit hat sie es sich geschnappt und von dem Moment an auf eine günstige Gelegenheit gewartet, es aus dem Haus zu schaffen. Jetzt wird mir alles klar. Gestern Nacht habe ich gesehen, wie sie es in den geheimen Garten gebracht hat. Dann muss sie damit zum Tor gelaufen sein, wo diese Frau auf sie gewartet hat. Und jetzt behauptet sie, sie wäre Großmutter.«

Lena wandte sich an Maybel.

»Wer ist sie? Und warum tut sie so, als wäre sie Magdalena?«

»Wir sind ziemlich sicher, dass es Valda ist«, antwortete Maybel, und Patrizia und Giff nickten zustimmend.

»Wir glauben, dass sie sich in all den Jahren im Exil ein eigenes Königreich geschaffen hat – und eine eigene Zauberkraft! Und jetzt plant sie ihre Rache. Sie hat den Zeitpunkt abgewartet, an dem unser Reich so schwach ist wie sonst nie. Magdalenas Armband hat sie gestohlen, damit diese ihren Auftrag vergisst. Und mit ihrer eigenen Zauberkraft hat sie die Pforten des Reiches verschlossen, falls wir versuchen würden, Magdalena zu holen. Magdalena selbst könnte diesen Zauber natürlich aufheben. Nur wir können das nicht. Nicht ohne Zauberkraft.«

Sie seufzte. »Aber wir wissen nicht, warum Valda behauptet, sie wäre Magdalena und würde den Zauber erneuern. Sie kann es doch gar nicht! Und deshalb wird es ihr auch nicht gelingen, alle lange zum Narren zu halten. Spätestens wenn sie bemerken, dass sie den Zauber nicht erneuern kann, wird ihnen ein Licht aufgehen.«

»Ja, aber dann wird der Zauber verschwunden sein«, seufzte Patrizia.

»Lasst mich zurück!«, schrie Lena. »Ich muss zurück, damit ich Großmutter holen kann. Ich muss einfach!«

Alle schauten sie traurig an.

»Das geht nicht«, sagte Maybel nur. »Die Pforten sind verschlossen und wir haben nicht die Kraft, sie zu öffnen. Es tut uns wirklich leid, aber wir können es nicht. Nie mehr!«

# Lenas Plan

Lena hatte keine Ahnung, wie sie in Patrizias gemütliche Küche zurückgelangt war. Das Erste, woran sie sich erinnerte, war, dass sie am Tisch saß und Giff tröstend ihren Arm streichelte, während Patrizia durch die Küche wirbelte. Sie bot ihr Kekse und Kakao an, aber Lena konnte nichts herunterbringen.

Maybel stand an der Wand und schüttelte den Kopf.

»Es tut uns leid«, sagte sie immer wieder, »es tut uns wirklich leid.«

»Es tut euch leid?«, brachte Lena schließlich heraus. »Und was habe ich davon? Ich will nach Hause!«

Sie wischte sich die Tränen von der Wange. Giff bot ihr schüchtern sein grün-weiß gepunktetes Taschentuch an.

»Ich will jetzt wieder nach Hause«, wiederholte sie und wurde langsam etwas ruhiger.

Patrizia wusste auch nicht, was sie sagen sollte.

»Ach, wir würden dir ja so gern helfen«, sagte sie. »Wir würden alles für dich tun, wenn wir nur könnten.«

»Wenn doch nur die richtige Magdalena hier wäre«, stöhnte Giff, und seine langen Ohren bebten. »Sie wüsste, was zu tun ist. Sie hätte bestimmt eine Idee, o weh … o weh.«

Lena schaute auf. Giffs Worte erinnerten sie daran, wie Großmutter oft lachte und sagte: »Macht euch doch nicht immer so viele Sorgen. Es wird schon alles wieder gut.«

Die anderen hatten Recht, Großmutter würde bestimmt nicht aufgeben. Lena schaute sie an.

»Na ja, immerhin bin *ich* ja hier«, sagte sie. »Und ich bin Magdalenas Enkelin.«

Dann dachte sie an das, was Mama im Auto gesagt hatte: »Vor allem müssen wir uns einig sein.«

Lena stellte sich vor die anderen und sagte: »Ich bin Magdalenas Enkelin – und Rosemaries Tochter. Und ich werde es nicht zulassen, dass irgendeine blöde Hexe dieses Reich an sich reißt oder versucht, Großmutters Erinnerungen auszulöschen. Und sie wird mich auch nicht daran hindern, nach Hause zu gehen – ich werde sie zwingen, die Pforte zu öffnen!«

Giff starrte sie bewundernd an.

»Genau! So kann es gelingen!«, jauchzte Patrizia. »Ach, Maybel, erinnert sie dich nicht auch an Magdalena?«

»Das mag schon sein«, erwiderte Maybel. »Aber es wird nicht einfach sein. Wie willst du das denn anstellen, Kindchen, wenn ich fragen darf?«

Alle schauten sie erwartungsvoll an.

»Na ja …« Lena hatte natürlich nicht die leiseste Ahnung. Sie zitterte.

»Du bist ja ganz kalt, Kleine«, sagte Patrizia besorgt. »Ich werde ein Feuer machen. Und in der Zwischenzeit …« Sie schaute sich um und fand Lenas alten, grauen Mantel auf einem Stuhl.

»Hier, zieh das an«, sagte sie und reichte Lena den Mantel.

Dankbar hüllte sich Lena in den warmen Stoff und sog seinen vertrauten, heimeligen Duft ein.

Plötzlich schrie Giff laut auf. Der kleine Elf war so weiß wie die Wand geworden. Mit zitternden Fingern zeigte er auf sie.

»Was ist denn los?«, fragte Lena.

»Es ist dieser Mantel«, erklärte Patrizia mit weit aufgerissenen Augen. »Das ist es. Giff! Hör mit dem Gequietsche auf, du raubst mir den letzten Nerv!«

Maybel ging auf Lena zu und betrachtete sie aufmerksam. Sie stupste sie mit den Nüstern an und zog den Mantel von ihren Schultern.

Patrizia klatschte in die Hände.

»Ich wusste es ja!«, rief sie erleichtert.

»Hast du diesen Mantel von deiner Großmutter, Kindchen?«, fragte Maybel und ließ den Mantel zu Boden fallen.

»Ich heiße Lena!«, entgegnete sie ärgerlich. »Ja, er gehört meiner Großmutter. Und warum hast du ihn mir ausgezogen?«

»Na, weil er dich unsichtbar macht, Kleine«, kicherte Patrizia. »Du hast uns ganz schön erschreckt. Wusstest du denn gar nichts davon?«

Lena konnte es kaum glauben. »Nein«, gab sie zu. »Unsichtbar? Aber das kann doch nicht sein. Ich trage ihn doch immer im Vollmondhaus ... ich meine, in Großmutters Haus. Ihr wollt mir doch nicht erzählen, dass mich da keiner sehen kann?«

»Nun, hier jedenfalls ist es so«, sagte Maybel aufgeregt. »Unglaublich! Ein Mantel, der unsichtbar macht. So einen habe ich schon seit Jahren nicht mehr gesehen.«

»Nur die königliche Familie besitzt solche Mäntel, Maybel«, sagte Patrizia mit feierlicher Stimme. Sie hob den Mantel auf und wiegte ihn in den Armen, bevor sie ihn Lena mit respektvoller Miene zurückgab.

Lena schaute sich den weichen, grauen Stoff an. Unsichtbar! Das Wort drehte Kreise in ihrem Kopf.

»Habt ihr eine Ahnung, wo Valda im Schloss ihre Zimmer hat?«, fragte sie.

Patrizia nickte.

»Natürlich. Sie wohnt in dem Zimmer, das früher Magdalena gehörte.«

»Dann bringt mich dorthin«, rief Lena. »Sofort! Ich habe eine Idee. Ich erzähle euch unterwegs davon.«

Vor Valdas Schlafzimmer stand ein Wachsoldat. Die vier Freunde versteckten sich hinter einer goldenen Statue im Flur und beobachteten ihn.

»Was machen wir, wenn sie schon gebadet hat?«, flüsterte Patrizia. »Es ist spät, vielleicht schläft sie schon.«

»Dann müssen wir den Plan ändern«, flüsterte Lena zurück. »Mach dir keine Sorgen.«

Sie zog Großmutters Mantel an und achtete auf die Reaktion der anderen. Tatsächlich! Sie war unsichtbar.

»Seid ihr sicher, dass ihr mitmachen wollt?«, fragte sie die anderen. »Ich meine, es könnte ganz schön Ärger geben.«

»Natürlich machen wir mit«, nickte Patrizia. »Auf geht's.«

»Viel Glück!«, fügte Maybel noch hinzu, während Giff unruhig mit seinen langen Ohren schlackerte und die Luft nach der unsichtbaren Lena abtastete.

Lena winkte den beiden noch einmal – was sie natürlich nicht sehen konnten – und machte sich mit Patrizia an ihrer Seite auf den Weg zu Valdas Zimmer. Auf dem Marmorboden waren nur Patrizias klobige Schuhe zu hören, Lena war barfuß und schlich leise auf die Wache zu.

Der Wachsoldat stand stocksteif vor der Tür und starrte unbeirrt vor sich hin.

»Unsere Herrin verlangt nach mir«, sagte Patrizia zu ihm und zeigte auf die weichen, weißen Handtücher, die sie in der Hand hielt. Der Soldat nickte nur und klopfte an die Tür.

»Ja?«, erklang eine stolze Stimme aus dem Zimmer.

Die Wache öffnete die Tür und ließ Patrizia eintreten. Geschäftig ging sie gleich ins hintere Zimmer, und Lena folgte ihr. An den Wänden des Schlafzimmers hingen blassblaue Vorhänge, die in seidigen Faltenschlägen bis auf den Boden reichten. Der Teppich fühlte sich wunderbar weich unter Lenas bloßen Füßen an, und das Kopfende des Bettes war, passend zur seidenen Bettwäsche, mit kleinen goldenen und blauen Blumen verziert. Durch eine offene Tür konnte man in ein Badezimmer aus weißem Marmor sehen.

Lena schaute sich um. Alles war so prachtvoll. Hier hat Großmutter geschlafen, als sie ein Kind war, dachte sie begeistert. Ja, genau so musste das Schlafzimmer einer Prinzessin aussehen!

Die Frau, die sie im Thronsaal gesehen hatten, stand vor einem riesigen Spiegel mitten im Zimmer. Das lange rote Haar fiel ihr wie ein schimmerndes Seidentuch bis auf den Rücken und sie trug einen dunkelroten Morgenmantel. Zu ihren Füßen saß das graue Kätzchen.

»Ich bringe Euch frische Handtücher, Hoheit«, sagte Patrizia und verneigte sich tief vor ihr.

»Ich habe bereits Handtücher«, zischte Valda. »Ich musste extra jemanden danach schicken, du warst nirgends aufzufinden. Irgendein dummes Ding hat sie gebracht.«

»Heute ist doch mein freier Tag«, sagte Patrizia und verbeugte sich noch tiefer.

»*Freier Tag?*«, sagte Valda mit einem finsteren Lächeln. »Hier haben ja schöne Sitten Einzug gehalten, während ich fort war.«

Sie fuhr sich mit der Hand durch die Haare, sodass das Armband klimperte.

»Helena ist ein liebes Mädchen, aber viel zu weich. Na ja, wir werden ja sehen …«

»Ja, Hoheit«, murmelte Patrizia und verbeugte sich ein weiteres Mal.

Das Lächeln auf Valdas Lippen erstarb. Sie schaute Patrizia grimmig an.

»Glaubst du etwa, mit deinem Getue und deiner ›Hoheit‹ könntest du mich täuschen?«, höhnte sie. »Ich weiß sehr gut, dass ihr nur Ärger gemacht habt, du und diese Maybel und der alberne Giff. Ich habe Freunde, die mir berichten, was hier im Palast vor sich geht.«

»Ihr meint wohl Spione«, sagte Patrizia und umklammerte die Handtücher fester.

»Ich sagte es doch, Freunde«, zischte Valda zurück. »Immerhin gibt es noch ein paar Leute hier, die sich freuen, dass ihre wahre Königin wieder zurück ist.«

»Du bist aber nicht unsere wahre Königin!«, entfuhr es Patrizia. »Du kannst vielleicht andere zum Narren halten, aber nicht mich. Du bist nicht Magdalena.«

Lena hielt sich die Hände vor den Mund, um nicht aufzuschreien. Bist du verrückt geworden, Patrizia? Was machst du da!, dachte sie erschrocken.

Aber die Frau vor dem Spiegel zuckte nur mit den Schultern und lachte.

»So? Und wer bin ich dann, du dummes Ding?«

»Valda bist du!«, rief Patrizia. »Glaubst du, ich hätte

dich, Helena und Magdalena als Kinder auf meinem Schoß gewiegt, um euch jetzt nicht mehr auseinander halten zu können? Selbst wenn ich euch hundert Jahre lang nicht mehr gesehen hätte, würde ich euch nicht verwechseln. Du warst immer hinterlistig, böse und gemein, und das bist du heute noch.«

Die kleine Köchin zitterte vor Angst, dennoch stand sie stolz und aufrecht vor der falschen Königin.

Valda kniff die Augen zusammen.

»Du hast mich nie gemocht, hab ich Recht, Patrizia?«, fauchte sie. »Und ich dich auch nicht, hast du gehört! Wenn du auch nur ein einziges Wort zu irgendjemandem sagst, wirst du es bereuen. Hast du mich verstanden? Und jetzt raus mit dir. Raus!«

Patrizia eilte zur Tür, die Handtücher noch immer in den Händen. Als sie den Raum verließ, warf sie noch einmal einen verzweifelten Blick zurück auf Valda.

Keine Sorge, Patrizia, dachte Lena voller Zorn. Der werden wir's schon zeigen. Und zwar jetzt oder nie!

# Der Dieb

Als die Tür wieder geschlossen war und Valda sich allein im Zimmer glaubte, betrachtete sie ihr Spiegelbild und streichelte ihre zarte Wange. Das graue Kätzchen schmiegte sich schnurrend an ihre Füße und Valda lächelte siegessicher.

»Warte nur, mein kleiner Freund«, zischte sie, »wenn der Morgen kommt, werden diese Dummköpfe für ihre Frechheiten bezahlen, darauf kannst du dich verlassen. Denn dann werde ich endgültig die wahre Königin sein. Magdalena liegt in ihrer Welt der Sterblichen hilflos im Bett, kann sich an nichts erinnern und wird mir nicht in die Quere kommen. Ohne das Armband stellt sie keine Gefahr dar.

In ein paar Stunden ist der letzte Rest der Zauberkraft dahin. Dann wird die Hecke eingehen, und meinen Soldaten aus Anderland steht nichts mehr im Wege. Ha, und die Jammergestalten hier werden endlich einmal erleben, was es bedeutet, regiert zu werden. Sie werden lernen zu gehorchen – oder die Strafen zu spüren bekommen.«

Sie verzog das Gesicht noch einmal zu einem grimmigen Lächeln, wandte sich um und ging ins Badezimmer.

Lena hielt den Atem an. Sie achtete auf jedes Geräusch und hörte, wie Valda über den Marmorboden schritt und Wasser in die Badewanne laufen ließ. Sie hörte den Stoff rascheln, als der Morgenmantel achtlos auf den Boden geworfen wurde, und die Pantoffeln landeten mit einem Poltern in der Ecke. Und dann – endlich – vernahm sie das erhoffte Geräusch: das leise Klingeln der Anhänger. Lena war sich sicher gewesen, dass Valda für ihr Bad das Armband ablegen würde, und sie hatte Recht gehabt.

Sie schlich sich ins Badezimmer und sah Valda in einem Meer von blassblauem, duftendem Schaum liegen. Ihr Haar hatte sie mit einem Handtuch umwickelt und ihre Augen waren geschlossen. Das Armband lag auf dem Rand der Badewanne, gleich neben ihrer Schulter. Lena hielt die Luft an und ging langsam und geräuschlos über den kalten Marmorboden.

Valda bemerkte nichts. Nicht einmal, als Lena die Hand ausstreckte und sie langsam über das Armband legte. Dann schnappte sich Lena das Schmuckstück mit festem Griff und rannte aus dem Badezimmer.

Sofort riss Valda die Augen auf. Sie schrie vor Wut und versuchte wild um sich schlagend aus der Badewanne zu steigen.

»Zu spät!«, rief Lena. »Ich habe Magdalenas Armband!

Und jetzt werde ich es ihr bringen, damit sie sich an alles erinnert. Niemand kann mich mehr stoppen, nicht mal du!«

Sie riss die Tür zum Flur auf und schoss hinaus. Der Wachsoldat schaute sich verwirrt um. Von drinnen hörte er Valdas wildes Fluchen und auf dem Flur Lenas hastige Schritte und das Klingeln der Glücksbringer an Großmutters Armband – aber sehen konnte er nichts.

Lena stürmte weiter, immer den Weg entlang, den Patrizia ihr gezeigt hatte. Verschlafene Wachen und müde Diener wirbelten herum und schnappten nach Luft, als sie Lena an sich vorbeijagen hörten und den Windzug spürten. Dann erst nahmen sie in der Ferne die wütenden Schreie Valdas wahr: »Haltet sie! Lasst sie nicht entkommen!«, und setzten sich in Bewegung.

Keuchend raste Lena die große Treppe hinab, die zum Haupteingang führte. Hinter sich hörte sie jetzt schwere Schritte immer näher kommen, aber sie konnte das große Tor schon sehen, dessen goldene Türflügel weit offen standen.

»Verriegelt das Tor! Schnell, macht schon!«, kreischte Valda von oben, und als Lena sich noch einmal umschaute, sah sie, wie sie in ihrem dunkelroten Morgenmantel an der Treppe stand und wütend auf den Boden stampfte. Überall rannten verdutzte Wachen und Diener durch die Gänge, verzweifelt auf der Suche nach dem unsichtbaren Dieb. Zwei Wachen erreichten das Tor und wollten es gerade schließen – doch sie kamen zu spät. In allerletzter Sekunde gelang es Lena, durch das Tor zu stürzen. Sie fing noch den erschrockenen Blick eines Wachsoldaten auf, der sie vorbeistürmen hörte. Dann war sie draußen und die Türflügel fielen krachend hinter ihr ins Schloss. Von drinnen vernahm sie Valdas vor Wut rasende Stimme: »Ihr Idioten! Ihr elenden Strohköpfe …«

Fünf Minuten später stand Maybel vor der Pforte, bei der sie Lena zum ersten Mal gesehen hatten. Laute Geräusche drangen vom Schloss zu ihr herüber, die sich mit dem Gesang der Meermädchen vermischten. Sie schaute kurz auf und sagte: »Es ist so weit.«

Dann senkte sie den Kopf wieder und begann in aller Ruhe am Gras zu knabbern.

In kürzester Zeit verwandelte sich der dunkle, verlassene Weg in ein wildes Durcheinander von Menschen und Lichtern. Valda, in einen schwarzen Mantel gehüllt, führte die königliche Wache an. Das graue Kätzchen saß ihr auf der Schulter.

Als sie Maybel sah, stockte ihr zuerst der Atem, dann gruben sich finstere Furchen in ihr Gesicht.

»Du!«, knurrte sie. »Ich hätte mir ja denken können, dass du mit dieser Sache etwas zu tun hast.«

Dann stellte sie sich direkt vor Maybel.

»Heraus mit der Sprache! Wo hat sich dieser miese kleine Dieb versteckt?«

Maybel hob bedächtig den Kopf und leckte sich sorgfältig ein paar Grashalme von der Oberlippe.

»Wie bitte?«, nuschelte sie und kaute dabei gemächlich weiter.

»Raus mit der Sprache«, herrschte Valda sie an, »oder du wirst es bereuen!«

Maybel stellte ihre Ohren auf. »Vor ein paar Minuten habe ich in der Nähe ein leises Bimmeln gehört«, sagte sie und schaute den Weg hinab. »Irgendjemand hatte es so eilig, dass ich nicht einmal sehen konnte, wer es war.«

»Du lügst!«, schnaubte Valda und wandte sich an die wartenden Soldaten. »Los, sucht den Dieb! Er muss noch in der Nähe sein.«

»Reine Zeitverschwendung«, sagte Maybel gelassen. Sie verschränkte entspannt ihre Vorderbeine und schaute interessiert zu, wie die Soldaten die Gegend abzusuchen begannen.

Plötzlich erscholl ein Triumphschrei aus den Büschen. Loris, der Wachoffizier, rannte zu Valda und trug ein zitterndes Bündel unter dem Arm.

»Pah«, zischte Valda. »Giff, der Elf. Der jämmerlichste Feigling im ganzen Reich. Darf ich fragen, was du hier draußen um diese Zeit treibst?«

»Er hatte sich auf einem Baum versteckt, Herrin«, antwortete Loris für ihn und hielt ihr den jammernden Elfen am ausgestreckten Arm vor das Gesicht.

»Na los, Giff«, gurrte Valda und schaute ihn gleichzeitig grimmig an. »Weißt du etwas über den Dieb?«

Giff wand sich und quietschte vor Angst in Loris' Hand.

»Spuck's aus«, schrie Valda. »Und zwar sofort. Dann werde ich dir – vielleicht – dein jämmerliches Leben lassen.«

»Nein«, jaulte Giff. »Nicht wehtun! Bitte nicht wehtun! Ich werde alles erzählen.«

Maybel schnaubte warnend.

»Kümmere dich nicht um den Gaul«, sagte Valda spöttisch und schaute Giff unverwandt an. »Er kann dir nicht helfen. Jetzt kannst du dich nur noch selbst retten. Du weißt, wo der Dieb ist, nicht wahr? Und das solltest du mir auf der Stelle sagen, sonst ...«

Giff hielt sich die Augen zu und brach in Tränen aus.

»Sie hat das Reich verlassen«, schluchzte er. »Mit Zauberkraft ... dort, durch die Pforte.«

»Was?«, brüllte Valda und drehte sich wütend zur Hecke um.

»Mit Zauberkraft? Aber wie ...« Jetzt ging sie wieder auf Maybel los.

»Und du wolltest uns auf die falsche Fährte locken, um Zeit zu gewinnen, was? Du elende Lügnerin!«

Sie streckte eine Hand in Richtung der Hecke aus.

»Öffne dich!«, brüllte sie. Man hörte ein ächzendes Geräusch und ein kühler Wind blies ihnen entgegen. Dann öffnete sich die Hecke am Ende des Weges und ein dunkel schimmerndes Tor kam zum Vorschein.

»Los!«, befahl Valda dem grauen Kätzchen auf ihrer Schulter. »Bring mir das Armband zurück. Und zwar schnell!«

Mit einem Fauchen sprang das Tier auf den Boden und verschwand in der Dunkelheit des Gangs.

Valda wandte sich wieder an Maybel.

»Euer betrügerischer Plan ist also fehlgeschlagen«, keifte sie. »Wache! Fesselt dieses Pferd und bringt es ins Schloss! Wir werden am Morgen über sein Schicksal entscheiden. Für den Elfen gilt das Gleiche. Legt ihn in Ketten.«

Die Wachsoldaten schauten sich ratlos an. Einige von ihnen schienen sich nicht sicher zu sein, was sie von dieser so genannten Königin halten sollten. Sie mochten weder ihr Geschrei noch ihr böses Gesicht und wussten nicht, was sie tun sollten.

»Was steht ihr da wie angewurzelt!«, donnerte Valda.

Zögernd begannen die Soldaten, ihren Befehl auszuführen. Valda wusste, dass sie ihr nicht vorbehaltlos gehorchten. Doch das war ihr egal, denn schon am Morgen würden ihr die Riesen und Kobolde aus Anderland zu Hilfe kommen. Und die hatten ihr ewige Treue geschworen, als Dank dafür, dass Valda sie in das Elfenreich führen würde.

Valda dachte über den Dieb nach. Wie war er an einen Tarnmantel gekommen? Und wie hatte er sich Eingang in das Reich verschafft?

*Magdalena,* schoss es ihr durch den Sinn, und tiefe Furchen traten ihr auf die Stirn. Sie hatte gedacht, sie aus dem Weg geräumt zu haben.

Dann hob sie den Kopf. Es gab keinen Grund zur Sorge, denn bald schon würde der Morgen dämmern. Dann hätten Magdalena und ihre Freunde endgültig keine Macht mehr über das Reich. Zufrieden lächelte sie vor sich hin. Sie war viel zu klug und stark, um sich jetzt noch alles verderben zu lassen. Und wie schlau hatte sie dem Elfen sein Geheimnis entlockt …

Als Maybel abgeführt wurde, drehte sie sich noch einmal zu Valda um und sah ihr siegessicheres Lächeln. Und trotz der schmerzenden Ketten, die man ihr angelegt hatte, erlaubte sie sich ein leises Schmunzeln.

Sie dachte daran, was Lena gesagt hatte, als sie aus dem Schloss kam. »Sobald ich das Armband habe, müssen wir dafür sorgen, dass Valda das Tor öffnet, damit ich zu Großmutter kann. Und das wird sie nur tun, wenn sie denkt, ich sei bereits vor ihr hindurchgegangen.«

»Aber wie sollen wir ihr das sagen?«, hatte Maybel gefragt. »Sie wird uns nie und nimmer glauben.«

Lena lachte.

»Natürlich nicht. Aber wenn sie meint, sie hätte jemanden gezwungen, mich zu verraten, dann wird sie alles glauben, was er sagt.«

Anschließend hatte sie Giff erklärt, was er zu tun hatte.

Lena hätte gern Valdas Gesicht gesehen, wenn sie herausfand, wie man sie ausgetrickst hatte. Und wie wütend sie gewesen wäre, wenn sie das leise Bimmeln des Armbands gehört hätte, als Lena dem Kätzchen durch das Tor folgte – das Valda selbst für sie geöffnet hatte!

Maybel trottete weiter.

Viel Glück, Lena, dachte sie. Und bitte beeil dich!

# Panik

Lena rannte durch den geheimen Garten, das Armband fest umklammert. Es war eine dunkle, kalte Nacht, aber darum kümmerte sie sich nicht. Das Einzige, woran sie dachte, war, ins Haus zu gelangen, zu Großmutter hinaufzulaufen und ihr das Armband zu bringen, damit sie sich an alles erinnerte. Es war gerade noch genug Zeit, dass Großmutter in das Reich gelangen und den Zauber erneuern konnte.

Sie sah, dass die Hintertür des Vollmondhauses noch offen stand – und der gute Flinn hatte sich keinen Zentimeter von der Stelle gerührt. Es waren nur noch ein paar Schritte …

Da sprang Valdas treue Gehilfin laut fauchend von einem Baum und klammerte sich an Lenas Bein fest. Lena stürzte zu Boden und das Tier schlug seine Krallen in ihre Arme. Mit gefletschten Zähnen versuchte es, Lena das Armband zu entreißen – von dem netten kleinen Kätzchen war nichts mehr zu spüren. Stattdessen zeigte es seine ungeheure Kraft.

»Nein!«, schrie Lena. »Verschwinde!«

Flinns Knurren klang wie ein Donnern, als er herbeisprang. In Sekundenschnelle hatte er seinen Platz an der Hintertür verlassen. Er stürzte sich auf seinen Feind und biss auf das Kätzchen ein, bis es sich zu den Bäumen zurück flüchtete.

Lena rappelte sich auf. Ihre Hände und Arme bluteten, doch das Armband hatte sie verteidigen können. Sie drehte sich nicht um, als sie hörte, wie die beiden Katzen unter den Bäumen miteinander rangen … Flinn würde schon klarkommen.

Lena rannte ins Haus, stürmte die Treppe hinauf zu Großmutters Schlafzimmer und öffnete leise die Tür.

»Wer ist da?«, fragte ein bebende Stimme. Sie war also wach!

Lena schaltete das Licht ein. Vom Bett aus schaute Großmutter sie aus kleinen Augen an.

»Ich bin's nur«, flüsterte Lena. Sie lief zum Bett und hielt Großmutter das Armband hin.

»Großmutter! Ich habe dein Armband gefunden!«

»Ich konnte nicht einschlafen … da ist irgendetwas … ich habe irgendetwas vergessen. Es ist wichtig, das weiß ich …« Sie ließ ihren Kopf auf das Kissen sinken.

Vorsichtig nahm Lena Großmutters gesunde Hand und band ihr das Armband um. Dann trat sie einen Schritt zurück und blickte sie neugierig an.

Zuerst schaute Großmutter sie nur an. Dann sah Lena einen Funken in ihren Augen – wie ein flackerndes Licht, das langsam größer wurde. Großmutter schluckte und richtete sich in ihrem Bett auf.

»Das Elfenreich«, stieß sie hervor. »Mein Geburtstag!« Sie griff nach Lenas Arm.

»Ich … ich muss auf dem schnellsten Weg ins Elfenreich! Lena – ich muss den Zauber erneuern!«

»Ich weiß«, flüsterte Lena. Sie nahm die Hand ihrer Großmutter. »Komm, wir müssen uns beeilen. Valda hat sich ins Schloss eingeschlichen und alle glauben, sie wäre die wirkliche Königin. Ihr Plan ist, die Hecke verdorren zu lassen und die schrecklichen Wesen aus Anderland ins Reich zu bringen. Und sie hält Maybel, Patrizia und Giff gefangen. Nur du kannst sie retten, komm schnell! Wir gehen durch das Tor im geheimen Garten!«

Großmutter warf die Decken von sich und bemühte sich aufzustehen. Da merkte sie erst, wie kraftlos sie war! Lena stockte der Atem. Würde sie es überhaupt schaffen, bis zum Garten zu kommen?

Durch das Fenster sah sie, wie der Himmel sich aufhellte. Bis zur Dämmerung dauerte es nicht mehr lange!

»Wir müssen uns beeilen!«, sagte sie verzweifelt und legte Großmutter einen Arm um die Schulter, um ihr zu helfen. Als die alte Frau endlich vor dem Bett stand, sah Lena ein, dass es nutzlos war. Großmutter war viel zu schwach, um dieser Aufgabe gewachsen zu sein. Behutsam setzte sie sie wieder auf das Bett.

»Wir müssen eine andere Möglichkeit finden«, sagte sie.

Bestürzt sah Großmutter sie an. »Ich muss ein Tor finden …«, seufzte sie. »Ein anderes als das im Garten.«

Sie fuhr sich mit der Hand an die Stirn und das Armband klimperte leise an ihrem Handgelenk.

»Ich bin noch nicht ganz … ich kann mich noch nicht an alles erinnern«, sagte sie. »Aber ich bin sicher, es gibt noch einen anderen Weg. Hat Robert nicht gesagt …«

Lenas Herz machte einen Sprung.

»Natürlich! Warte, Großmutter. Ich weiß, was du meinst!«

Sie ließ Großmutter erstaunt auf dem Bett zurück und rannte mit dem grauen Mantel in der Hand aus dem Zimmer.

Ruhig, ganz ruhig, sagte sie sich selbst. Wenn ich Mama jetzt aufwecke, muss ich viel zu viel erklären …

Auf Zehenspitzen eilte sie in Großvaters Atelier. Das Bild stand noch immer an der Wand. Als sie es umdrehte, sah sie die Karte, die an der Rückseite angebracht war. *Für meine Prinzessin zu ihrem Geburtstag. Man kann ja nie wissen … In Liebe, für immer, Robert.*

Der gute, vorausschauende Großvater! Robert Belairs, der Mann, der sich in eine Elfenprinzessin verliebt hatte und immer mit den Füßen fest auf dem Boden blieb. Großvater war immer davon überzeugt gewesen, dass man auf alles vorbereitet sein musste. Bevor er starb, hatte er ein Bild für seine Prinzessin gemalt, das gleichzeitig einen geheimen Eingang zu ihrer Heimat darstellte.

Mit dem Bild in den Händen stolperte Lena durch die Flure des Vollmondhauses. Obwohl es sehr schwer war, gönnte sie sich keine Pause, bis sie Großmutters Schlafzimmer erreicht und das Bild auf den Boden gestellt hatte.

Als Großmutter das Bild sah, verlor ihr Blick den letzten Rest Verunsicherung und sie lächelte.

»Robert!« Ihre Stimme klang liebevoll. Sie schaute Lena an und sagte: »Ich muss mich beeilen!«

»Nimm mich mit!«, drängte Lena. »Du wirst vielleicht meine Hilfe brauchen!«

Großmutter drückte ihre Hand ganz fest. »Du hast Recht. Aber du musst den Mantel anziehen, damit Valda dich nicht entdeckt. Bist du so weit?«

Lena nickte. Sie sah, wie Großmutters grüne Augen glänzten.

»Öffne dich!«, hörte sie Großmutter mit einer Stimme sagen, die sie kaum erkannte. Großmutter drückte ihre Hand noch fester, und dann spürte Lena einen kühlen Wind, der ihr ins Gesicht blies. Der gewölbte Gang auf dem Bild schien größer und größer zu werden, bis sie nichts anderes mehr sehen konnte …

Im nächsten Moment waren sie nicht mehr im Vollmondhaus. Sie waren an einem anderen Ort – aber sie befanden sich auch nicht auf dem Kiesweg hinter der halb verdorrten

Hecke, wo die Morgendämmerung den Himmel bereits rosa und golden zu färben begann und der Mond sich dem Horizont näherte. Sie waren auch nicht in dem Wald mit seinen blassen Bäumen, deren Blätter im ersten rötlichen Licht angsterfüllt raschelten. Und auch nicht auf der Wiese vor dem Schloss, auf der sich ganze Scharen von Feen, Elfen, Zwergen und anderen Wesen aller Art wartend versammelt hatten.

Nein, sie befanden sich mitten im Thronsaal, der von Tausenden Kerzen hell erleuchtet war. Vor ihnen schwebte der funkelnde Kristallkreisel. Die letzte goldene Kugel darin sank langsam nieder.

»Was hat das zu bedeuten?«, dröhnte eine Stimme durch den Saal.

Lena schaute sich erschrocken um. Jetzt erst nahm sie die vielen Leute im Saal wahr: Königin Helena stand eingeschüchtert mit ihrer Tochter Christie neben dem Thron; zahlreiche Wachsoldaten und festlich gekleidetes Elfenvolk, Feen und Zwerge mit ernsten Gesichtern hatten sich hinter ihr versammelt. Und in einer Ecke des Raumes erkannte Lena drei gebeugte Gestalten in schweren Ketten – Maybel, Patrizia und Giff.

Mitten im Saal stand eine weitere Person. Sie trug ein dunkelblaues Kleid und eine goldene Krone.

Valda! Mit herrischer Miene deutete sie auf die zerbrechliche alte Frau, die wie aus dem Nichts aufgetaucht war und nun regungslos neben dem Thron stand. Eine Hand hatte Großmutter auf den Kristallkreisel gelegt.

»Wer ist diese alte Schachtel, die es wagt, in meinen Palast einzudringen?«, kreischte Valda mit weit aufgerissenen Augen. »Sie trägt mein Armband!«, schrie sie. »Sie hat es gestohlen! Wache! Nehmt sie fest!«

Die Soldaten zögerten.

»Worauf wartet ihr noch?«, brüllte Valda. »Habt ihr etwa Angst vor einer einzelnen alten Frau? Vor einem Niemand? Legt sie in Ketten! Das ist ein Befehl!«

Widerwillig traten zwei der Soldaten vor.

Lena schaute ihre Großmutter ängstlich an. Diese hatte den Kopf gesenkt, und ihre Hand auf dem Kristallkreisel zitterte. Großmutter brauchte mehr Zeit …

Lena knöpfte ihren Mantel auf und ließ ihn auf den Boden fallen. Jeder im Saal hielt den Atem an, als plötzlich ein Mädchen aus dem Nichts erschien.

»Sie ist nicht allein!«, rief Lena. »Und sie ist kein Niemand! Sie ist …«

»Magdalena!«

Laut schallte der Name durch den Saal. Patrizia schritt langsam auf sie zu. Tränen standen ihr in den Augen, während sie an ihrer schweren Kette zog.

Plötzlich wurde es im Saal lebendig, und wie ein Echo hörte man von überall her den Namen: Magdalena!

Die Wachsoldaten wichen zurück, und Helena stand wie erstarrt auf ihrem Platz und hielt sich die Hände vor den Mund.

»Unsinn!«, schrie Valda. »Ich bin Magdalena!« Doch ihre Stimme zitterte.

Mit ängstlichem Blick schaute Lena zu Großmutter, die ihre Augen fest auf den letzten Goldpunkt im Kreisel gerichtet hatte, der langsam, ganz langsam immer weiter nach unten sank.

Wenn er am unteren Ende des Kreisels ankommt, dachte Lena, schwebt er davon und verschwindet im Nichts, und dann …

»Großmutter!«, drängte sie, »schnell, du musst den Spruch sagen!«

Großmutter drehte sich zu ihr um.

»Ach, Lena. Wenn ich doch nur noch etwas Zeit hätte«, sagte sie mit leiser, unsicherer Stimme. »Die Erinnerung kommt langsam zurück, aber ich kann die Worte nicht finden … Lena, ich kann mich nicht an sie erinnern!«

# »Erinnere dich ...«

»Sie ist eine Betrügerin!«, tobte Valda, die mit erwartungsvollem Blick auf den letzten, schwindenden Goldpunkt starrte. Bald würde er die untere Öffnung des Kreisels erreichen. »Eine Diebin ist sie! Und wenn ihr sie nicht sofort hier rausschafft, werde ich es selbst tun.«

Energisch schritt sie durch den Saal auf Magdalena zu.

»Nein!«, rief Helena. Sie sprang vor und klammerte sich an Valda, die verbissen versuchte, sie von sich zu stoßen.

»Magdalena«, schluchzte Helena. »Unsere Königin, meine Schwester, hilf uns doch!«

Als sie die Stimme ihrer Schwester hörte, leuchteten Magdalenas Augen hell auf. Man sah ihr an, dass die Erinnerung zurückkehrte. Leise bimmelten die Glücksbringer an ihrem Armband, als sie die Hand ausstreckte und über den Kristallkreisel hielt. Dann begann sie, leise ein Lied mit einer eigenartigen Melodie zu singen:

*Der Vollmond scheint,*
*die Meerjungfrauen singen,*
*und alle Elfen und Feen und Zwerge …*

Lenas Herz machte einen Sprung. Sie war die Einzige, die so nah bei Magdalena stand, dass sie ihre Worte hören konnte – und die Einzige, die sie kannte! Dieses Lied hatte sie so oft im Vollmondhaus gehört, wenn Großmutter es ihr abends vorgesungen hatte. Unglaublich, in all den Jahren hatte Großmutter ihr den Zauberspruch vorgesungen.

Großmutter holte tief Luft und schloss die Augen … plötzlich fehlte ihr ein Teil des Textes!

Lena beugte sich zu ihr vor, bis sie ganz nah an Großmutters Ohr war. »Wartet ruhig in der Stille …«, wisperte sie.

Großmutter schlug die Augen wieder auf, die jetzt hell strahlten. Dann sang sie weiter:

*Wartet ruhig in der Stille,*
*bis die Tropfen langsam fallen.*
*Komm jetzt, komm, du süßer Zauber.*
*Ich, die Königin, befehle es.*

Einen Moment lang herrschte völlige Stille im Saal. Im nächsten Augenblick fiel die letzte Goldkugel aus dem Kreisel. Sie schwebte in der Luft und funkelte ein letztes Mal hell auf. Valda jauchzte triumphierend. Helena begann zu schluchzen und drückte Christie fest an sich. Alle Kerzen im Saal flackerten und es wurde immer dunkler …

Doch mit einem Mal erglühte der ganze Saal in einem goldenen Licht. Der Kristallkreisel bebte, drehte sich in der Luft und füllte sich mit Tausenden und Abertausenden von goldenen Splittern puren Sonnenlichts, die in die Höhe sprühten und die erstaunte Menge mit ihrer glitzernden Herrlichkeit überströmten. Wie Funken eines riesigen Feuerwerks flogen sie bis an die Decke und zu den großen Fenstern.

Und mitten in diesem wogenden Meer aus Gold stand Magdalena – doch nicht mehr als alte, gebrechliche Frau. Sie stand dort, so wie Lena sie von Großvaters Bildern her kannte: jung, schön, mit glänzendem rotem Haar und voller Würde.

Lena blinzelte und lachte voller Erleichterung auf. Überglücklich hörte sie, wie ein lautes Raunen durch die Menge ging, die vor dem Schloss versammelt war und nun auch den strahlenden Lichterzauber entdeckt hatte. Mit einem breiten Lächeln öffneten die Wachen die Fenster, um die Jubelrufe hereinzulassen.

Im selben Moment versuchte Valda schnaubend vor Zorn die Tür zu erreichen. Doch eine Reihe von Soldaten versperrte ihr den Weg. Sie drehte sich um und wandte sich an Magdalena.

»Königin Magdalena! Ihr seid meine Cousine. Tut mir nichts und lasst mich gehen.«

Magdalena trat vor und sagte: »Ja, du bist meine Cousine. Aber du bist auch meine Feindin – eine Feindin des ganzen Reiches bist du.« Sie seufzte. »Nein, wir werden dir nichts

antun, denn wir sind nicht wie du. Wir werden nur dafür sorgen, dass wir dich nie wieder sehen müssen.«

Dann hob sie eine Hand und sagte: »Dank meiner Macht als Königin in diesem Moment des erneuerten Zaubers verbanne ich dich noch einmal nach Anderland. Und dieses Mal für immer! Fort mit dir!«

Mit einem letzten Schrei erhob sich Valda in die Luft und war im nächsten Augenblick verschwunden.

Eine Stunde später standen Lena und ihre Großmutter vor dem Tor. Die Hecke wuchs wieder kräftig und blühte in prächtigen Farben. Neben ihnen standen Helena und Christie auf der einen, Maybel, Patrizia und Giff auf der anderen Seite.

»Ach Magdalena, kannst du wirklich nicht bleiben?«, bettelte Helena. »Hier ist doch deine Heimat. Wir brauchen dich.«

Magdalena schüttelte den Kopf.

»Nein«, sagte sie. »Meine Heimat ist jetzt die Welt der Sterblichen. Diese Wahl habe ich vor langer Zeit getroffen, und ich habe es nie bereut. Ich verdanke dieser Welt so viel Schönes.« Sie legte eine Hand auf Lenas Schulter.

»Ihr braucht mich nicht«, sagte sie mit ruhiger Stimme. »Du wirst auch in Zukunft eine gute Königin für das Reich sein, Helena. Und Christie wird deine Nachfolgerin, ich habe den Zauberspruch an sie weitergegeben, und wenn ihre Zeit gekommen ist, wird sie wissen, was zu tun ist.«

Bei diesen Worten lächelte sie Christie zu, die den Blick schüchtern erwiderte.

»Damit wurde diese Last von meinen Schultern genommen und die Zukunft des Reiches ist gesichert.«

»Aber du wirst uns doch besuchen kommen, oder?«, flehte Giff. »Du oder Lena.«

»Ach, das wäre schön«, stimmte Patrizia ein.

»Ihr seid beide willkommen«, brummte Maybel. »Für ein ganz normales Menschenkind hat sich die Kleine gut gehalten.«

Magdalena lächelte.

»Wir werden ja sehen«, sagte sie. »Ich habe das Gefühl, ich sollte mich besser fern halten. Und Lena muss selbst wissen, was sie tut.«

Da trat Helena vor und drückte Lena etwas in die Hand.

»Du hast uns sehr geholfen, Lena«, sagte sie. »Nimm dieses Geschenk von uns als Zeichen unseres Dankes.«

Lena öffnete ihre Hand: ein Armband! Und daran hing ein kleiner goldener Glücksbringer in Form eines Herzens.

»Wann immer du uns besuchst«, erklärte Helena, »wird ein weiterer Glücksbringer hinzukommen. So wirst du uns nie vergessen. Und du weißt, dass dir alle Tore offen stehen und du dir nur wünschen musst, bei uns zu sein.«

Magdalenas Augen glänzten, als sie Lena das Armband um das Handgelenk legte und sagte: »Bestimmt wird Lena zurückkommen, da bin ich ganz sicher.«

Die Freunde umarmten und küssten sich zum Abschied. Giff heulte vor sich hin, und sogar Maybel konnte nicht verbergen, dass ihr Tränen in die Augen stiegen.

Dann wandte sich Magdalena dem Tor zu und sagte: »Öffne dich.«

Vor ihnen erschien der gewölbte Gang, und von einem Rauschen begleitet verschwanden Lena und ihre Großmutter in der Dunkelheit.

Rosemarie trat durch die Hintertür in den Garten. Bei dem Anblick, der sich ihr dort darbot, stutzte sie: Mitten auf dem Rasen standen ihre Mutter und ihre Tochter, in strahlendes Sonnenlicht gehüllt. Sie rieb sich die müden Augen. Seltsam, aber eben war es ihr, als seien die langen Haare ihrer Mutter genauso rot wie die von Lena … das musste wohl an dem hellen Licht liegen.

»Mutter, Lena! Wo wart ihr denn? Ich habe mir solche Sorgen gemacht, als ich euch nicht in euren Betten gefunden habe. Lena, du weißt doch, dass Großmutter Ruhe braucht.«

»Schon gut, Rosemarie«, sagte Großmutter lächelnd. »Heute ist mein Geburtstag und es geht mir schon besser – viel besser sogar.«

»Das sieht man«, sagte Rosemarie, als sie durch den Garten zum Haus gingen. »Man merkt dir gar nicht mehr an, dass du so lange im Bett gelegen hast. Und dein Armband hast du anscheinend auch wiedergefunden.«

»Lena hat es gefunden – und sie selbst besitzt nun auch eins.«

Rosemarie schaute sie mit einem fragenden Blick an.

»Ihr scheint ja in der letzten Nacht eine Menge erlebt zu haben«, sagte sie. »Du hast diesen Blick … ja, so hast du immer geschaut, als ich ein Kind war.«

Die Glücksbringer bimmelten leise an Großmutters Handgelenk. Sie schaute sich im Garten um, sog die süßlich duftende Bergluft tief ein und seufzte zufrieden. »Was für ein wunderschöner Tag!«

Da blieb Rosemarie stehen.

»Sag mal, Mama, du hast nicht zufällig vor, mit uns in die Stadt zu ziehen, oder?«

»Nein, mein Kind«, antwortete Großmutter ruhig, »ganz bestimmt nicht. Ich bin hier oben besser aufgehoben. Aber wie wäre es, wenn stattdessen du und Lena …«

»O nein«, lachte Rosemarie, »kommt überhaupt nicht in Frage. Was ist mit meinem Job und Lenas Schule?«

»Schwester Alice sagt, hier im Krankenhaus gibt es eine Menge freier Stellen für Krankenschwestern«, antwortete Großmutter.

»Und eine Schule gibt es auch«, warf Lena ein. »Eine gute sogar.«

Erstaunt sah Rosemarie die beiden an. »Ich werd mal darüber nachdenken«, sagte sie nach einigem Zögern.

Lena und Großmutter schauten sich voller Hoffnung

an – sie hatten schon eine Ahnung, wie Mutter sich entscheiden würde.

»Das ist der schönste Geburtstagsmorgen seit sehr langer Zeit«, seufzte Großmutter und tippte leicht auf ihr Armband. »Ich werde ihn nie vergessen.«

Lena schaute auf ihr eigenes Armband, das sich golden glänzend um ihr sonnengebräuntes Handgelenk schmiegte.

»So geht es mir auch«, sagte sie und dachte an all das, was sie in der letzten Nacht erlebt und gesehen hatte, und an all die Abenteuer, die noch vor ihr lagen.

»Ich werde ihn auch nie vergessen.«

## Die Autorin

Emily Rodda (geboren 1948) ist die erfolgreichste Kinderbuchautorin Australiens: Als einzige Autorin gewann sie fünfmal den Preis *Book of the Year.* Auch in Deutschland sind ihre Bücher seit Jahren sehr beliebt. *Das goldene Armband* ist ihr erstes Buch im Verlag Urachhaus.

Nach dem Studium der englischen Literaturwissenschaften arbeitete Emily Rodda als Verlagslektorin und Herausgeberin. Seit 1994 widmet sie sich ganz dem Schreiben von Kinderbüchern und Romanen. Sie hat vier Kinder und lebt in den Blue Mountains, westlich von Sydney.

Anna van Praag

**Die Reise zum Feuerschloss**

**Die Kronenlegenden, 1. Teil**

Aus dem Niederländischen von Curt van den Bergh

180 Seiten, gb.

Stella ist ein ganz normales Mädchen, das mit seiner Mutter in einem Haus an einer Gracht lebt. Aber eines Nachts geschieht etwas Ungewöhnliches: Stellas Mutter verschwindet und niemand weiß, wohin. Stella macht sich auf, sie zu suchen. Das ist der Beginn einer abenteuerlichen Reise, die in das Land Insula, das Reich des Zauberers Morpheus führt – dorthin, wo die Träume zum Leben erwachen.
Gemeinsam mit ihrem Freund Max erhält Stella dort den Auftrag, den finsteren König Hypnos zu bezwingen, der Insula vernichten will. Dabei bekommt sie Unterstützung von unerwarteter Seite: durch die mysteriösen Kronenlegenden, die ihr unterwegs erzählt werden.
Wird es Stella und ihren Freunden gelingen, in das Feuerschloss von König Hypnos einzudringen? Oder werden sie und Max besiegt und in den See des stillen Grauens gestürzt, aus dem es keine Rückkehr gibt?

URACHHAUS

Anna van Praag

**Die Insel der magischen Vögel**

**Die Kronenlegenden, 2. Teil**

Aus dem Niederländischen von
Curt van den Bergh

192 Seiten, gb.

Träume sollen ungefährlich sein? Stella weiß es besser. Gerade erst zurückgekehrt von der Reise zum Feuerschloss bekommt sie den Auftrag, die magischen Wechselvögel aus den Klauen der Hexe Ava zu befreien. Ohne den Gesang der Wechselvögel stirbt die Phantasie im Traumreich Insula – und so begibt sich eine Gruppe um Stella, ihren Freund Prinz Erie und das Halbwesen Fabian auf die abenteuerliche und gefährliche Reise zu der finsteren Insel Mysteria. Dabei erfährt Stella auch endlich mehr über ihren Vater Charon – und entdeckt ganz neue Seiten an Prinz Erie …

URACHHAUS

Mireille Geus

## Virenzo und ich

Aus dem Niederländischen von
Ita Maria Berger

117 Seiten, gb.

Jan und Virenzo könnten kaum unterschiedlicher sein – und dennoch sind sie die besten Freunde. Virenzo ist Meister im Damespielen und weiß immer, was er will, Jan ist schüchtern und liebt es, in Büchern zu versinken. Alles unternehmen sie miteinander, und wenn sie einmal Streit haben, ist bald alles wieder vergessen. Bis zu dem Tag, an dem sie sich so in die Haare geraten, dass sie zum ersten Mal nicht gemeinsam im gleichen Boot zum Segeln hinausfahren. Als Virenzos Boot im Sturm kentert, macht Jan sich große Sorgen. Wo ist sein Freund geblieben? Sie müssen sich doch noch aussprechen und ihren Streit beilegen …